石岩磊 ◎ 著

微信微言 乐山乐水

乐山乐水，一个漂在北京的满城人，一个年龄逼着早起的知命人，一个不会抱怨的傻子，一个不知后悔的呆子，在微信里觅到一处清静之所，在文字的组合中发现了一片蓝天。

黑龙江美术出版社
Heilongjiang Fine Arts Publishing House
http://www.hljmscbs.com

图书在版编目(CIP)数据

微信微言　乐山乐水 / 石岩磊 著. -- 哈尔滨：黑龙江
美术出版社, 2018.8
　　ISBN 978-7-5593-4013-9

Ⅰ.①微…　Ⅱ.①石…　Ⅲ.①散文集－中国－当代
Ⅳ.①I267

中国版本图书馆 CIP 数据核字(2018)第 204594 号

微信微言　乐山乐水
WEIXIN WEIYAN LESHAN LESHUI

作　　者	石岩磊
责任编辑	聂元元
出版发行	黑龙江美术出版社
地　　址	哈尔滨市道里区安定街 225 号
邮政编码	150016
网　　址	www.hljmscbs.com
经　　销	全国新华书店
策　　划	银川当代文学艺术中心
	（当代出书网 http://www.csw66.com）
印　　刷	宁夏润丰源印业有限公司
开　　本	880 × 1230 毫米　1/32
印　　张	7.2
字　　数	150 千字
版　　次	2018 年 8 月第 1 版
印　　次	2020 年 6 月第 2 次印刷
书　　号	ISBN 978-7-5593-4013-9
定　　价	48.00 元

本书如发现印装质量问题,请直接与印刷厂联系调换。

自　序

　　"乐山乐水，一个漂在北京的满城人，一个年龄逼着早起的知命人，一个不会抱怨的傻子，一个不知后悔的呆子，在微信里觅到一处清静之所，在文字的组合中发现了一片蓝天。"

　　这是我发给许多微信公众号的个人简介，虽略显夸张，但基本属实。2013 年 1 月 23 日，在爱人的帮助下我开通了微信，起初只是浏览朋友们的内容，后来开始转发有趣的图片和文章，慢慢觉得自己也可以试着写写感想。当有好友给予肯定和鼓励时，我便像得了奖赏的小孩子般愈发卖力地撅着屁股写了。从每日一段到一天两篇，而且内容也渐渐宽泛开来，有日常趣闻记录，有家庭琐事记载，有对人情冷暖的感悟，亦有对世事沧桑的思考。2016 年之后，为避免所配图片引起版权纠纷，我又抓起手机四处拍照，没想到所得图片也受到朋友们的好评，这更加坚定了图文联袂的微信格式。2017 新年伊始便有朋友约稿，我渐渐开始成了许多微信平台的"笔奴"，虽每天要早起爬格子多有辛苦，但看到文友的点赞，疲乏之态顿消。

　　时光荏苒，匆匆四载，几多收获，几多欢乐。在虚拟的网络世界，我用敏锐的触角感悟外部的天地，用犀利的目光审视内心的世界，把所有的感觉、感知凝炼成质朴无华的语言，制作出一道道营养早餐奉献给好友。当收到鼓励和赞赏时，我就像啜饮甘饴般舒爽，充满欢愉和激动；当得到斧正与指导时，我便如获至宝般谦恭，充满感激和欣喜。微信不仅使我梳理了认知和心得,也让自己的头脑在田野山林里纵横驰骋,在九天五洋间纵情欢歌,更令我结识了众多志同道合的挚友,在殷殷期望里如沐暖阳,在谆谆教导中似饮甘泉。

"你为什么不汇编成册公开发行呢?"有好友建议道。我也自感有这个必要了,一是可以增添成就感,二是可以将自己的感悟与更多的朋友交流。经过计璞老师的精心编排和郝娜老师的悉心校对,在银川当代文学艺术中心图书编著中心的指导下,这本《微信微言乐山乐水》(2017年上册)终于可以和广大朋友见面了,同时我也计划着以后定期出版自己的作品集。

一路走来,我始终感觉自己是个幸运儿,友情的帮扶让我不惧坎坷,亲情的支持使我无畏寒霜。感谢你们,我的友人!感谢你们,我的亲人!

2017 年 9 月 3 日

目 录
CONTENTS

微信微言　乐山乐水

梦萦新蓝

新年的钟声已经敲响，2017如穿上花衣的小姑娘蹦蹦跳跳地向我们迎面跑来，脸上涂满喜悦兴奋的红晕，伴着她银铃般清脆的笑声，我们心中升腾起无限的遐想和憧憬。

我双手合十默默祈祷：愿大山里的孩子能在村口远远望见父母打工回家的身影，愿年轻的小伙子领着漂亮的对象拜见笑得合不拢嘴的爷爷奶奶，愿病床前的一束康乃馨驱散憔悴脸颊上的愁云。我多想看到：雾霾化作舞台上营造仙境的干冰，家里的净水器变为收藏者的古董，手机中的各类中奖信息能带来真金白银。我多么希望：街头偷偷卖烤红薯的大爷不用提心吊胆地防着城管，白墙上再也望不见朱红色带圈的"拆"字，病人家属不会为给主刀大夫送不送红包纠结。

元旦的天尽管依然是灰蒙蒙的，但我的心中已然晴空万里，期待愿望如展翅翩跹的小燕子，将蓝天剪成细碎飘飞的彩纸。

（2017.1.1 星期日）

脚丈量过的路不会短
心闻过的花香不会淡

　　假期老友见面说得最多的话是：时间过得真快，一晃便是一年，再晃几下就都老啦！

　　时光如沙，细腻爽滑，当我们伸出双手试图紧紧握住它时，才发现指缝太宽，细沙恣意地从掌心四散溜走，最后徒留两只空拳。在失落彷徨中，我们不敢抬头向前观望，生怕变幻莫测的未来会刺痛敏感的瞳孔，只好不断咀嚼过往的辉煌，在反复回味中获得些许欣慰。万籁俱寂的黑夜，我们会反躬自问：一路走来口袋里到底收获了些什么？

　　我们似乎得到过许多：成长的快乐、成功的喜悦、成熟的自信、成家的幸福、成名的骄傲；我们似乎也失去很多：丢了孩子烂漫的童真，少了说走就走的任性，没了口无遮拦的随意，失了素面朝天的勇气，缺了抬头数星的闲情。得与失就像天平两端的砝码，总是等量呈现：欣赏到朝阳，蒸发掉晨露；品尝柿子的甘甜，难享螃蟹的鲜美；沉浸热恋的甜蜜，错过好友的派对；生意风生水起买卖兴隆，提心吊胆防贼防鬼防暗算；仕途春风得意呼风唤雨，倾轧的车轮如芒在背。我们犹如在做加减法正负得零，好像不曾得也未曾失，然而失何尝不是得：没了晶莹的露珠多了翠绿的嫩叶，丢掉财富获得平安，失掉高官收获健康，少了酒店里推杯换盏的豪放，多了家中的菜香温馨。原来我们搭着时光的扁舟乘风破浪，口袋里不会塞上过多的金银珠宝，只能将船头激起的浪花濯洗心肺，让头脑在过滤尘埃中充满空灵的财富，双手便牢牢地握住了掌控航向的舵柄。

　　一年很短，一生不长，岁月不老，鲜花易谢，但我想对老友说：脚丈量过的路不会短，心闻过的花香不会淡，日升日落是一天，朝闻夕省是永生。

（2017.1.2 星期一）

平凡因为平凡而伟大

我特别喜欢泰戈尔的一句诗：天空中没有翅膀的痕迹，但我已飞过。

人们常用"雁过留声，人过留名"来激励大家不要虚度生命，做有益于后世的事，听起来很励志，但我总感到其中隐含着为名所困的压力。为了流芳百世，有的人极尽美化之能事，但时光会把绚丽的晚霞演化为铅灰色的浮云，自诩"十全老人"的乾隆，将东征西讨列为功德，但其中不乏穷兵黩武之举，留给后人更多的是其所谓微服私访的传说而已。"留取丹心照汗青"的文天祥，不知是他的慷慨大义成就了这句名言，还是光照千秋的诗句砥砺他视死如归，但他为之精忠报国的南明王朝早已淹没在了历史的长河中。

一个民族的崛起需要铁骨铮铮的脊梁，需要重于泰山的英名，更需要亿万默默无闻脚踏实地的泥腿，撑起辽阔苍穹的不是擎天柱，应该是广袤无垠的大地。平凡因为平凡而伟大，无闻因为无闻而显赫。

大雁不会因为空中无痕而停飞，也不会为了留声而嘶鸣，它只是朝着温暖展翅翱翔，在平静中排出一个无奇的"人"字。

（2017.1.3 星期二）

微信微言　乐山乐水

别了, 顾城

"你一会儿看我, 一会儿看云。我觉得你看我时很远, 你看云时很近。""黑夜给了我一双黑色的眼睛, 我却用它来寻找光明。""你应该是一场梦, 我应该是一阵风。" 我读着朦胧派诗人顾城的经典作品, 心头蓦然升起一股悲凉, 他创作了大量童话般纯净的作品, 但于1993 年 10 月的一天, 在异国他乡的新西兰弑妻后自杀身亡。难道他是在用激情熬煮文字, 将温情塞给读者, 而把悲情留给了自己吗?

蔑视生命就是在践踏诗词。优美的诗句犹如照亮心扉的灯塔, 让人们在浩瀚的大海中找到航向, 但那灯光变为波光粼粼中的倒影时, 就成了令人产生幻觉的迷魂草, 在幽幽的闪烁里飘荡起阴森森的磷火, 把人带进吞噬光明的黑洞。生活充满苟且和不幸, 但如果你把扎针看作手术, 将山丘视为断崖, 拿 2012 当成末日, 生命便会如丝线般轻飘, 随时会被吹落泥沼。万人瞩目的诗人是多少青春少年膜拜的偶像, 在漆黑的夜里抚慰了多少伤痛的心, 然而人们发现你优美的诗行下面遮盖着的是苍白, 你动人的诗句背面隐藏着无奈后的残忍, 你击碎了许多年轻人的梦想, 你在含血的伤口上撒了把粗盐。

别了, 顾城, 我不想看到彩纸里包裹着血腥; 再见, 朦胧诗, 我不愿在雾霭中迷失方向。

(2017.1.4 星期三)

口罩挡不住病菌
遮住的只是笑脸

　　小时候在大街上很难见到戴口罩的人，偶尔碰到一个，就能断定他是得了感冒怕传染给别人。那时的雾天带给人们更多的是欢笑，玩捉迷藏的孩子大声喊完"十、九、八、七、六……"后便在白雾里东摸西撞，嘴里还不停地嚷着："出来吧，我看到你了！"年轻的小伙子吹着口哨，一路按响自行车铃欢快地往家赶，没进门就被俊俏的媳妇拦在了外面，"你瞧你跟个白胡子老头似的"，说笑间女人已用炕上的笤帚掸落丈夫浑身的霜花。

　　现在满大街都是口罩，人们偶然碰到没戴的便会投去异样的目光，似是在说："这人有病吧，找死吗？"口罩也由单调的白色变得丰富多彩起来，黑的、花的、卡通的，五花八门，更有甚者头套防毒面具，如进了"生化危机"的现场。也不知何时，凉爽湿润的雾变成了呛嗓子的霾，人们像躲瘟疫般隐在家中，心惊胆战地听着广播中的空气污染指数，一到假日便急匆匆携妻带子赶往市郊荒野。

　　我不知是口罩变多了才引来了霾，还是因为雾变坏了才逼得口罩开始花样翻新，也不知道是人在发烧，还是老天得了伤寒，但我明白：口罩挡不住病菌，遮住的只能是笑脸，人病了得吃药，天病了还得人吃药。

　　　　　　　　　　　（2017.1.5 星期四）

微信微言　乐山乐水

5

朋多友广　路宽心敞

人们常说：多个朋友多条路。在人情社会，求人就如同吃饭般一天都离不开，攀附权贵可以仕途通达，结交医生能够方便看病，与老师交往有利照顾孩子，结识交警便于处理违章，我们交友时或多或少地带有目的性，这种与利益挂钩的朋友可称为"俗友"。

常言道：君子之交淡如水。人们总是羡慕管仲与鲍叔牙交情之深厚，伯牙和钟子期知音之高雅，王勃同杜少府知己之悠远，蔡锷与小凤仙情谊之清纯，他们走到一起是心与心的相交，情和情的相连，同金钱权谋无关，这样的朋友可谓"雅友"。

然而，俗友难久，权柄一朝旁落便会人走茶凉门可罗雀，看完病就与大夫形同陌路，孩子一毕业即和老师少了音信，处理完麻烦事同警察便大路朝天各走一边了。而雅友难觅，管鲍之交只是记载，高山流水早已失传，天涯若比邻不过是诗句，蔡将军的爱恨情仇难掩刀光剑影的冷酷。我们不禁喟然长叹：世界之大，何友之有？

五贝为一朋，可见"朋"与金钱有关；同志为友，说明"友"和志向关联，朋友自然是"利"与"情"的结合体，是"雅"和"俗"的联姻。只要"义"字当头，不过河拆桥，不落井下石，俗友也高雅；只要"情"字在心，不苛求纯粹，不固执清高，雅友也易寻。世界不大，因为朋多友广，路宽心敞，雅俗共赏，情深谊长。

（2017.1.6 星期五）

瓜田不忌纳履 李下无虑整冠

曹植在《君子行》中说："瓜田不纳履，李下不整冠。"指的是为了避嫌，经过瓜田不可弯腰提鞋，路过李树下不要举起手来整理帽子，瓜田李下便成了君子的一项修行，然而也变为束缚手脚的锁链。

人们担心招来非议便事事谨慎，害怕冒犯他人就处处小心，惊恐疑似捡了旁人遗落饭桌上的钱包，惶惶然如偷窥了公园里恋人们的亲昵，不做贼而心已虚，未行千里而先缚千斤，实在是难为君子了。为什么人们会如履薄冰般谨言慎行呢？根源就在猜忌多于信任。

干得多，同事会说你为了高升，在领导面前表现，扶起摔倒的老人，围观者会讲肯定是你家亲戚，给灾区捐钱，媒体便深挖背后有没有玄机，和外甥女在酒店吃完饭就收到朋友的短信"又去泡妞了"。人们时时被审问的目光包围，常常被剥丝抽茧般的心猜度，那目光要透视你背后的利益，那心思要戳穿你骨髓中的动机，仿佛每个人都是无利不起早，好像每件事都隐匿着油水。

信任的缺失折射出的是唯利是图的心态，我们就如在玩跳房子游戏，金钱、名誉、美色这些就好似一个个画在地上的"房子"，我们看着别人蹦来蹦去，一旦踩线，便大声喝道："你违规了！"自己也不得不循规蹈矩小心行事，稍有差池就招致责备，人人自危，个个危人。

君子坦荡荡，小人长戚戚，但当人们不敢纳履害怕整冠时，君子也会愁眉苦脸地戚戚然了。摘掉利益的金色镜片，才能还原人心向善的本真，撕去猜疑的二维条码，方可将信任的标签粘贴。

瓜田不忌纳履，满园的香瓜才会透出无拘无束的畅快，李下无虑整冠，整枝的红果方能飘出沁人心脾的温馨。

（2017.1.7 星期六）

没有不腐的苇子叶
只有无边的芦苇荡

"人是会思想的芦苇",这是法国思想家帕斯卡尔的名言。人就如脆弱的苇草,一阵微风便可将它折断,但人的思想却像芦花般飘逸洒脱,会永远定格在蓝天上。

生命有时不堪一击:在摧枯拉朽的洪水地震海啸里,人似蚂蚁般毫无反抗之力;在浩浩渺渺的历史长河中,个人只是一滴水,难觅踪影;疾病前没有不倒的伟人,朝堂之上的万岁爷哪个能逾百年;车祸中没有吉祥车牌号,6666 怎会保佑避免追尾?

生命又是如此顽强:满是冰窟的雪山和遍布沼泽的草地没能阻挡住一行人的万里跋涉;失聪失明的海伦·凯勒在黑暗沉寂中谱写出《假如给我三天光明》;为换器官救儿子的母亲暴走七个月终于减掉脂肪肝。

脆弱的是躯体,顽强的是信念。生老病死演绎着不变的自然法则:一统华夏的始皇帝没能万寿无疆,惨烈的车祸现场没有"假如开慢点",韩国美容整不好老年痴呆。思想的光辉却是永恒的灯塔:革命的星星之火最终燎原,盲人的光明照亮了常人的夜路,"暴走妈妈"感动了整个中国。

苇秆易折,不与自然对抗,芦花飘飞,要和自己抗争;顺风顺水,风调雨顺,自省自励,成就自信。没有不腐的苇子叶,只有无边的芦苇荡;没有长生的不老药,只有不朽的座右铭。

(2017.1.8 星期日)

8

为可为

昨天我看见一家路边店挂着个招牌:"无为烧烤",不禁哑然失笑,好大的小店。

"无为"是道家的一项重要思想,指顺其自然不妄为,而绝不是有人看作的消极"不为"。个人的理想、家庭的幸福、社会的进步都需要作为,不思进取会令人颓废,不勤俭持家难以和睦,不割除陈规陋习怎能欣欣向荣,只满足于口福之享,和猪无异。

"无为"当是不刻意而为。强扭的瓜不甜,硬拔的苗不高,瘦驴千万别拉硬屎。二两的酒量非喝半斤,最终是谁也不服只扶墙;逼着书呆子丈夫下海捞钱,最后老公变大款,老婆成"备胎"。

顺时而动、顺势而为,方可无不为。知道自己吃几碗干饭才不会吃撑,清楚家底便不会砸锅卖铁去买保时捷小跑。为,当有自知之明,方不乱为;无为,应有审时度势之举,才是有为。

我反复琢磨这"无为烧烤"是何用意,大概是店家在提醒食客:牙口不好的要少吃板筋,肾不好的要多点大腰子吧,这样老板娘就可以优哉游哉无所事事地去数钞票了。

(2017.1.9 星期一)

乐山乐水

微信微言 乐山乐水

游必归家

"王姐,你们哪天走?""老张,票买了没有?"春节进入了倒计时,我周围许多人开始准备回家过年,家犹如一块巨大的磁石吸引着人们向它靠拢。

古语说:父母在,不远游,游必有方。讲的是父母老了,怕没人照应,就不能远游,即使要走远,子女必须有个安顿的方法。但现代人为了生存,为了好的前程,怎能不远走他乡,四处打工谋生活,孤身北漂图发展? 做不到游必有方,反而还把一堆负担扔给年迈的父母,孩子无法在城市入学高考,得留下来让老人照看,外面吃不到地道的酸菜炖粉条、蒜苗炒腊肉,时不时电话里发来指示:别忘了腌酸菜熏腊肉。

其实游子在外,最难忘的就是父母,可口的妈妈菜,暖暖的线手套,就是调皮时上房揭瓦挨了父亲的打,在梦里想起时也会笑醒。遇到挫折时,浮现在眼前的是母亲慈爱的笑脸;碰到不顺时,勾起回忆的是父亲宽厚的大手。父母便是人们想起眼发涩、念起心发酸的痛处,他们就是家,是游子梦萦魂牵的思念,是子女没能尽孝的亏欠。

"有钱没钱回家过年",成了人们收拾礼物打理行囊时的口头禅,当喊着"妈,我回来了"走进家门,当满满的热菜堆上桌,当父母的嘴角翘上了天,家就成了热闹的"嘉年华",春节也便悄然而至。

（2017.1.10 星期二）

豁达安眠

"一只羊、两只羊、三只羊……"这是许多人治疗失眠的"秘籍",据说是源于英语国家 sleep（睡觉）和 sheep（羊）谐音,可以起到心理暗示的作用。其实睡不着多半不是大喜的亢奋和大悲的哀痛造成的,而是因为不平的嘶鸣搅碎了心绪,所以数羊根本无法催眠。

"久旱逢甘露,他乡遇故知,洞房花烛夜,金榜题名时",这是人生四大喜,是渴望变成现实的幸福,遇上哪一件都足以让人欣喜若狂,彻夜难眠。而不幸是突遭变故时的惊愕与痛苦,少年丧父母,中年丧配偶,老年丧独子,这每件大悲都可以摧毁人的意志和精神防线,让人悲痛欲绝,辗转反侧,夜不能寐。

而人们平日里的失眠常常是由于愤愤不平堵住了心肺:领导为什么同样的事只批评我而不说小王？凭什么老张的年终奖比我的多五十块钱？聚会上刘洋跟我老婆那暧昧的玩笑是什么意思？在公交上给老头儿让了座他怎么就不会说声"谢谢"……越想越气愤,越气越是睡不着,心里如有上千只蚂蚁在啃咬,干瞪着大眼毫无睡意。

风止则树静,心大则气顺。深沟大坎在飞机上俯瞰和一马平川没有多大区别,深仇大恨经过时间的冲刷会渐渐失去刺人的棱角,高度不仅可以改变人的视角,也在撑大人们的心胸,豁达会让不平和不公得到安稳,在平静中使人安然入睡。

数羊毕竟带些洋味,在中国可能有些水土不服,看来国人避免失眠应该数饺子,因为"水饺"和"睡觉"同音。

（2017.1.11 星期三）

一世坦然

　　每次走进殡仪馆向故去的亲朋或好友道别时，我的内心都会反复回响起一句问话：人生到底在为何奔忙？

　　为了权力地位吗？我送走的有高高在上的大领导，覆盖鲜红党旗的遗体，在低沉的哀乐中静静地躺在棺椁里，蜡质的容颜失去了往日威严，好似一位慈祥的老人在安睡。曾经的荣耀如巨石入湖，掀起的波澜在激荡中慢慢复归平静，只在岸边偶尔翻起小的浪花。铁打的交椅，流水的官，谁也不会屁股底下长钉子稳坐朝堂。

　　为了享乐安逸吗？我多次探望卧床不起的病人，看着他们满身的氧气管、鼻饲管、导尿管，握着绵软无力的手掌，"好好调养，等出院了我陪您下棋"，这些言不由衷的劝慰连我自己都感到苍白。许多人上了年纪，每月拿着厚厚的退休金，早上也只是想喝碗加了咸菜的小米粥，住着四室两厅的大房子，只有过年时才多点人气，羡慕着空气充满绿色的三亚，但光顾最多的地方是医院。没有吃完的鱼翅，只有嚼不动的牙齿，没有逛遍的天涯海角，只有走不动的腿脚，享受就像沐浴温泉，滑软的暖流令四肢舒爽，但泡久了便会让身体肿胀。

身外的喧嚣只会让人浮躁，而内心的坦然才能令人安宁。对工作尽职，对朋友尽责，对爱人尽心，对子女尽力，对父母尽孝，当最终面对死神时，我们会轻松地说一声："这一生无怨无悔。"无怨，因为不曾亏心；无悔，因为不曾违心，当回望走过的路一脸坦然时，双眼便会安详地合上。

人生百年，来去匆匆，空手而来，撒手西归，带来的是初生时亲人的欢笑，带走的是瞑目时家人的眼泪。世上没有天堂，也没有地狱，五尺躯干最终化作一捧灰土，所有的荣华富贵，所有的屈辱波折，都在高温中融化，一缕青烟在天边弥散，为瑰丽的晚霞抹上一丝鲜亮。

（2017.1.12 星期四）

微信微言 乐山乐水

无奈大心

俗话说：虱子多了不咬，债多了不愁，这句话指人不思进取，没有上进心，一般含有贬义，但我却从中体味出一丝无奈的自嘲。

我的一些文章经常被人转发，而且去掉了署名，昨天有朋友问："你生气吗？"我故作镇定地说："习惯就好了。"的确，当你无法把控别人的无礼时，只好控制住自己的心态，如果见一个失礼，你就指责一番，只会把自己的肺气炸。马未都先生很长时间不再出书，有人问他原因，他轻描淡写地说："看到大量的盗版，我生不起那气。"

任何创作都凝聚着辛劳和汗水，当作品完成时甜美的微笑会不自觉地荡漾在心底，但当别人不劳而获时就会有种被亵渎的感觉，好似十月怀胎一朝分娩的孩子被人抱走了。当知识产权的笼子不能保护创作者的权益时，只会让人们在布满荆棘的道路上退缩，或者裹紧衣服小心翼翼地躲着尖刺绕行，而我会用嘴吮一下划破的伤口，扯起嗓子吼一声"妹妹你大胆地往前走啊，莫回呀头"，大步向前。

虱子多了并非不咬，而是心大了不去计较，债多了怎会不愁，只是把心思用在怎样挣钱还债上。我们无法左右别人的抄袭，只得将自己修炼成李白、杜甫，让他人只好望洋兴叹、望尘莫及。

（2017.1.13 星期五）

白劳三宝

"人家的闺女有花戴,你爹我钱少不能买,扯上了二尺红头绳,我给我喜儿扎起来",这是电影《白毛女》插曲《北风吹》中的经典唱段,描绘出佃户杨白劳年底四处躲债,年三十才偷偷回家给女儿送去新年"礼物"的悲惨场景。

其实杨白劳带回来的还有二斤白面和两张门神,穷人过年也得吃顿饺子,白面便成了老杨必备之物,而门神寄托着他想过上平安、富足生活的美好愿望。三样简单到不能再简单的年礼,我觉得也是人生不可或缺的"三件宝"。

这第一宝就是可以果腹的白面,代表着丰衣足食。仓廪实而知礼节,衣食足而知荣辱,只有满足了基本的衣食住行,人们才会有闲暇看戏观影,有闲情欣赏风花雪月,有闲钱周游世界。穷山恶水出刁民,把一块钱都恨不得撕成两半花的人,怎么可能主动给非洲难民捐出百元大钞?

第二宝便是能扮俏的红头绳,代表着对美的向往。爱美之心人皆有之,美女人人爱看,美景人人爱赏,美食人人爱吃,美不仅可以一饱眼福口福,也能涤荡心灵,让人如沐春风,如

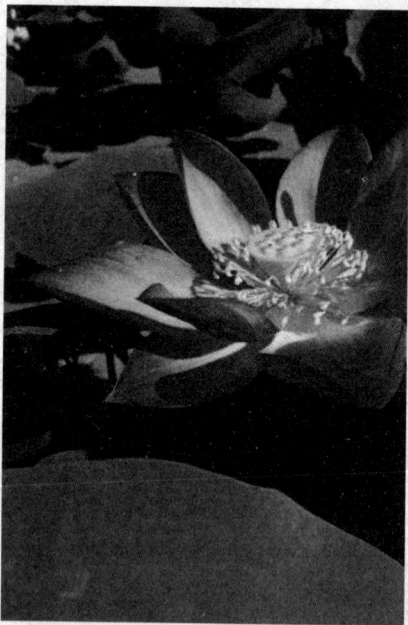

浴温泉,从内而外地生发出勃勃朝气。这大概就是现在的年轻人争先恐后地去韩国整容的原因吧,隆起的胸部曲线不仅增添了妩媚,更增加了傲人的自信。

第三宝即是可以驱魔的门神,代表着对未来的憧憬。佛教之所以在各地盛行,就是因为它告诉信徒:通过修行可以有好的来生,所以人们对将来充满希望,努力淡化眼前的苟且。鸟无求不飞,人无望不争,只有对远方满怀期待,人们才会斗志昂扬地大步向前。

尽管《白毛女》是文艺工作者的艺术创作,但杨白劳带回家的年礼,也不失是送给大家过年的精神大礼包。

（2017.1.14 星期六）

浮云无言

每次听人说"神马都是浮云"时,我都会想到马云,仔细一琢磨,这句网络"红语"还真是对阿里巴巴集团董事会主席人生经历的高度概括。

马云的爷爷抗战时做过伪保长,新中国成立后被划为"黑五类",给孙子取名"马云",就是希望孩子以后乖巧懂事,少惹是非。1982年,马云第一次参加高考,数学只得了一分,名落孙山。他跟表弟到一家酒店应聘服务生,结果表弟被录用,自己惨遭拒绝,老板给出的理由是:他又瘦又矮,长相不好。1984年,马云第三次参加高考,才被杭州师范学院录取。

大学毕业后,马云当过英语教师,后来拿着拼凑的三千块钱创办了一家翻译社,经过三年苦心经营,慢慢成为杭州最大的专业翻译机构。1995年,他在出访美国时首次接触到因特网,回国后创立了国内第一家真正意义上的商业网站——中国黄页,这也是全球第一家网上中文商业信息站点。

1999年3月,马云和他的"十八罗汉"回到杭州,以五十万元人民币创

微信微言 乐山乐水

业,开发阿里巴巴网站,在获得国际风投的支持后迅速壮大,成为中国最大的互联网公司。2007 年 11 月,阿里巴巴网络有限公司在香港联交所挂牌上市,马云的事业如日中天。

2013 年 5 月,马云宣布不再担任阿里巴巴集团 CEO 一职,将主要负责董事局的战略决策,做好组织文化和人才的培养,加强和完善阿里的公益事业。"我感谢这个变化的时代,我感谢无数人的抱怨,因为在别人抱怨的时候,才会有机会,只有变化的时代,才是每个人看清自己有什么、要什么、该放弃什么的时候。"这是他卸任演讲时的肺腑之言。

在这个许多时候靠脸吃饭的年代,马云却是凭着有些"畸形"的大脑袋成就了辉煌,就是因为他在骨子里透着倔强,用目光洞穿了跌宕起伏。在他的经历中,蔑视的不堪、失败的不幸同困难面前的不屈、失意时的不馁交织在一起,最终他用百折不挠的毅力证明:神马都是浮云,哥是无须迷恋的传说。

我想到一副对联,算是表达对马云和另一位"大人物"的敬仰之情吧:马云云神马都是浮云,莫言言耕耘皆为无言。横批:浮云无言。

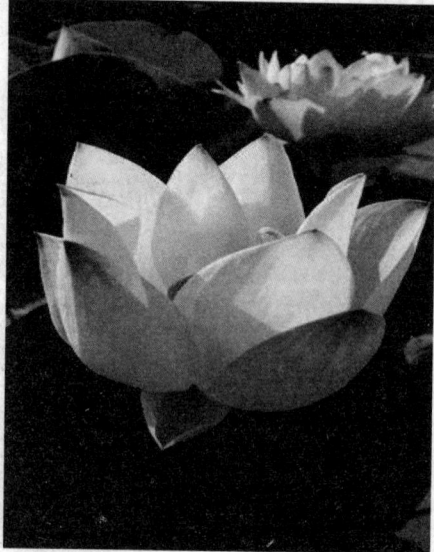

（2017.1.15 星期日）

知世故而不好世故，谓之明
看红尘而不破红尘，称之透

朋友说：衰老不是从中年开始的，而是从厌倦生活开始的。这句话的确很有道理。

由强盛、兴旺变得微弱、没落为"衰"，年岁大或经历长叫"老"，所以衰老不仅指岁数大，更是说精神头儿小了。人过中年，大姑娘的小蛮腰已成水桶状，徐娘半老空余风韵；小伙子被人声声喊"大叔"，谢顶的稀发演绎着"农村包围城市"。而此时的人们好似看破红尘，男人手里开始转核桃，张口闭口是老庄的养生之道；女人脸上的粉更厚，三句两句便扯到孩子或韩剧上，中年之后真的就衰老了吗？

当我们看到六十多岁的老太太跳"钢管"，七十大几的老汉走 T 台时，我们眼中见到的是飘飘白发，是岁月的沧桑，但感到的却是蓬勃朝气，是活力四射，他们老而不衰，是年轻的老年人。

光阴似箭，岁月如梭，我们留不住时光的脚步，而时光却会拖慢我们的腿脚。但人的精气神和时间无关，它是岁月蹉跎中磨出的剑锋，是起伏跌宕里摔打出的坚韧。人活一口

气,当你对生活充满希望,对未来满怀憧憬,没有一句抱怨,没有一丝厌倦时,整个人便透着朝气,看上去要年轻许多。

知世故而不好世故,谓之明,看红尘而不破红尘,称之透。当把苦瓜嚼出甜滋味,当将风尘看作遮住蓝天的轻纱时,年龄改变的就只是容颜,阅历增添的便都是睿智,中年将不是由盛而衰的转折点,而是加油助力辉煌的起跑线。

（2017.1.16 星期一）

无钱落魄风尘 无才沦落红尘

有人说，最好的生活是，袋里有钱，手里有书。我细想起来，觉得很有道理。

生活就像进京赶考的举子，腰中没有盘缠就只得寄居破庙。四壁如洗的苦寒之地，文弱书生多饥寒交迫，神色恍惚中便会梦幻出，宁采臣与聂小倩的人狐幽情，或是希冀演绎一场张生与崔莺莺的西厢红梦。

生活又似曼妙多姿的青楼伶人，若是不能技压群芳，就会沦为艺妓。艺人命多舛，强颜欢笑间凝结着幽怨，满腔的诗词歌赋只是供人取乐的卖点，在浪声红袖中，渴望李师师被宋徽宗垂青的邂逅，期盼小凤仙与蔡锷的知音传奇。

无钱落魄风尘，无才沦落红尘。玉米饼子加半部《论语》才可不睬嗟来之食，不畏朱门恶犬，在温饱之上偷得一刻闲，在之乎之间觅得一时仙。呜呼，袋里的确得有两枚钱，手中真的得有一本书。

（2017.1.17 星期二）

铁条镇宅

　　我和弟弟高中毕业后就都离开家乡去外地求学工作，只留下父母在老家。昨天我回家接母亲来北京检查身体，偶然间发现，父亲的枕头下面藏着根二尺多长的铁条，"爸，您放它干什么？"我疑惑地问道，"听说村里有几家被盗过，万一有小偷进来我好防身用。"父亲见我发现了他的秘密，脸上显出尴尬之色。我望着七十多岁老人孱弱的身形，心里不禁泛起一阵酸楚，眼圈有些发红。

　　我小时候喜欢调皮捣蛋，经常和别人打架，每每出了糗事，都要挨到天黑才偷偷溜回家。"脸上的血印是怎么弄的？"最后爸爸还是发现了异样。其实他从未因此打过我，只轻声告诫要少惹是非，我揪着的心也便放松下来，安全感油然而生，仿佛找到了靠山，边连声答应着"是，好！"边狼吞虎咽地吃母亲又热了一遍的饭菜。

　　"要是真的有小偷进来，您千万别用这铁家伙，反正家里也没值钱的东西，让他们拿就是了。"我极力开导着父亲，"我估计用不上这东西，就是图个心里踏实。"老人安慰着我。

（2017.1.18 星期三）

冬不远冬

"如果冬天已经来了,春天还会远吗?"

这句话出自英国诗人雪莱的诗《西风颂》,表达的是一种乐观的生活态度,一种在逆境中勇于面对挑战并充满必胜信念的积极姿态。但我却不喜欢用它鼓舞他人。

昼夜更替,四季更迭是永无休止的轮回,春天之后夏季紧随,秋天远去寒冬便至,如果只把希望寄托在鲜花遍地的春光里,那么短暂的欣喜过后不又会陷入漫漫悲戚之中吗?

"春有百花秋有月,夏有凉风冬有雪;若无闲事挂心头,便是人间好时节",这首禅诗更能让人始终满怀喜悦。每年老天爷都将三百六十五天均分成四等份送给人们,我们为何要厚此薄彼?没有区别之心,就会多出三份的欢愉,放眼望去,便时时处处皆美景。

"春天还会远吗?"应该只是诗人的一句比喻,是要人们充满信心,而我更喜欢说:如果冬天已经来了,那就让雪花飘落吧!

(2017.1.19 星期四)

微信微言 乐山乐水

23

孤独酿蜜

有朋友问：为什么认识的人越多，越感到孤独？我说：因为你的泪点高了。

穷在闹市无人问，富在深山有远亲。当你穷困潦倒时，祈求的目光看到的大多是背影，热脸总是贴上冷屁股，而当你富贵发达后，攀龙附凤者趋之若鹜，攀炎附势者如影随形，世态炎凉的跌宕起伏只会让你严加戒备，每遇新友都会下意识地思忖"这小子找我有什么图谋"。在怀疑的审慎中，我们见的人越多，交往面越广，越会将心裹紧，越会把感情捂牢，便少有真情实感的流露，鲜有志同道合的感动。

孤独者最为清醒，因为他把要发散出去的激动内敛为冷静的自省，在寂寞中反刍曾经的伤痛，在寂寥里反思爬过的坎坷，思绪如冷凝的雾水般清冽，认知似白水晶一样通透。当你从头到脚认清了自己时，也便能洞穿他人的面皮，好像站在泰山之巅俯视群峦，就会脱口而出："一览众山小。"

孤独并不可怕，可悲的是内心柔软的部分挤压为化石。请勿将认识的人当作磨刀石，遇到的人越多，刀锋越是寒气逼人，请把邂逅的每个相逢当作传播花粉的蜜蜂，避其蜂针，取其精华，酿出心底的甜蜜。

（2017.1.20 星期五）

任凭时光静流

今天早上在微信中看到有朋友说：闲暇里整理旧物以打发时间，这让我想起人们常说的"岁月无声，时光如水"，还有就是"一寸光阴一寸金"，原来时间、水和财富是"近亲"，它们彼此交织，就如同编成小姑娘辫子的三缕秀发，缺一而散。

光阴如水易逝，似金弥足珍贵，但有时"挥霍"也是一种幸福，女人排解郁闷的首选方法便是"挥金如土"地购物，任由花钱如水，在任性中体会惬意；男人消除苦恼的最佳方式就是一醉不醒，任其时间奔流，在恣意里感受畅快。

任凭时光静流同样是享受，慢条斯理地翻看旧照片，回想昔日光鲜靓丽，一丝安详滑过脸颊；不紧不慢地沏一壶生普，细细品味生涩过后的回甘，一缕香甜滋润肺腑；漫无目的地徜徉田边，看云卷云舒，嗅花红草青，一股悠然飘落心间。

时间不会忽紧忽慢，但精神不可紧绷不懈，给紧张的打拼留出一刻悠闲，给枯燥的生活掺进一把胡椒，让眼睛不再疲劳，让腿脚不再疲惫，让大脑不再疲倦，让心灵能够品尝到芬芳。

（2017.1.21 星期六）

微信微言 乐山乐水

25

勿言心忧先知人
不问何求后识我

"知我者谓我心忧，不知我者谓我何求"，这句诗出自我国最早的诗歌总集《诗经》的《王风》，题为《黍离》。看来古人就在"知我"与"不知我"中纠结，在"心忧"与"何求"间徘徊。

千金易得，知己难求。人们常常感叹知音不遇，总是期望邂逅可以一诉衷肠的知心朋友，能够知我所忧，懂我所求。但每每令自己失望，不由得感叹：人生难得一知己。

觅知己应先知人。掏心窝子的耳语只有给懂的人听才会引起共鸣，悲天悯人的话只有给感同身受的人说才会换来回响，了解了对方就会沟通无障碍，懂得了别人便能找准对接点，一味地愤世嫉俗，一个劲摇头叹息，只能说明你是剃头挑子一头热。

知人不谓心忧，不知人谓何求。懂得别人就知道自己不过是在杞人忧天，不懂别人便抱怨无人交心、生不逢时，眼睛向内看到的只有孤寂黯然，抬头远眺望见的会是天高云淡。

勿言心忧先知人，不问何求后识我。打开窗户便于通风换气，肺腑无忧；推开大门远观风云际会，心底无求。

（2017.1.22 星期日）

26

狂妄是能人的坟墓

据说,著名媒体评论人梁宏达因不当言论被中央台"下架"。老梁以其独到的见解、犀利的语言、渊博的知识深受广大观众的喜爱,迅速在各大露脸的场合走红。

然而,俗话讲"淹死会水的,打死犟嘴的",靠嘴吃饭的时评人就如刀尖上行走的杂技演员,虽身怀绝技也要小心翼翼地掌握好平衡,稍有差池便会失足跌伤,甚至命丧尖峰。

吹气球最难的是开始,屏住呼吸,鼓圆了腮帮子,猛地一吹,那瘪瘪的皮囊才胀起一个小包,但后面就容易多了,随着"呼呼"的气流涌进,气球就会迅速胀大,便有些飘飘然,然而再大的皮球也禁不起小小钢针的轻轻一刺。

老毕因一段视频跌入万劫不复的深渊,梁宏达可能要步其后尘,其实他们失宠的原因如出一辙:膨胀后的不自量力。狂妄是许多"能人"自掘的坟墓,不识时务又无自知之明,最终就只会像被女妖蒙了双眼的猪八戒,在追逐美艳的兴奋中成了笼屉上的肥肉。

春风可以吹绿层林,秋风亦可扫净落叶,在自然的伟力面前,人只不过是追逐温暖的候鸟,适者生存,不适者将会被冻成标本。

(2017.1.23 星期一)

微信微言 乐山乐水

27

心中有梦 天涯咫尺
胸中有诗 燕雀鸿鹄

  由高晓松作词、许巍演唱的《生活不止眼前的苟且》成为人们耳熟能详的流行歌曲，尤其是"生活不止眼前的苟且，还有诗和远方的田野"一句歌词几乎烂成许多人嘴边的口头禅，原来多含贬义的"苟且"似乎也蒙上了一层温情。

  何为苟且？一般的解释是：只顾眼前，得过且过。我们的生活充满琐碎与无奈：买菜做饭，穿衣送子，和老婆拌嘴，同领导吵架，得个红包的惊喜，追尾时的心跳，常常被琐事困扰，时时让愁事烦恼。诗和远方便成了人们摆脱困境的迷幻药，酒后畅想一下未来，梦里畅游一次爱琴海，在虚幻中将狭小的两居室打扮成童话城堡，在憧憬里把默默无闻的小职员幻想成呼风唤雨的大佬。

  生活不仅需要诗和远方，更需要没有哀叹的苟且。不如意事有八九，常看一二，天下没有救世主，救赎你的只有自己的心态，怀揣梦想，更要脚踏实地。天上的彩云美了心情，可脚下的坎坷还需双腿迈行，只抬头望天不低头看路，终有一天会误入歧途，看清地上的坑洼，望见天边的彩霞，才会吹着口哨回家。

  远方不畏远，听天勿由命；苟且不偷生，且过终得过。心中有梦，天涯咫尺；胸中有诗，燕雀鸿鹄。

（2017.1.24 星期二）

有至尽头就是无
终行极致便回始

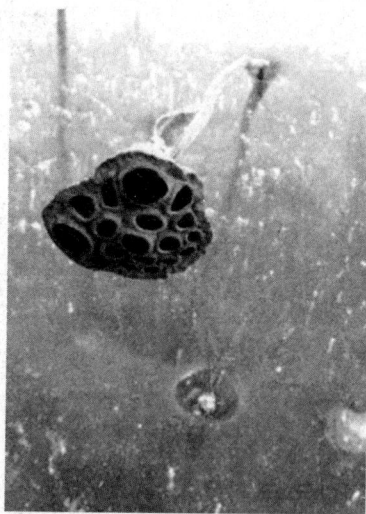

有人在网上做问卷调查:你觉得人生的终极目标应该是什么呢？我答:不定目标。

"甜甜，今天得背一首唐诗"，小孩子入托前便有了目标，进学校后考"双百"、上北大成了寒窗苦读的努力方向，工作了要找"高富帅"的欧巴、"白富美"的美眉又是父母的期待，做人上人、当富中富是许多年轻人的梦想，事业兴旺、家庭美满成为大多中年人的愿望，儿女幸福、自己健康是众多老年人的期盼。一个个目标恰似天上眨眼的星星，好像伸手可及，可又难以触碰，我们总是在期望、渴望、失望与希望间徘徊。

"三十而立，四十不惑，五十知天命，六十耳顺，七十从心所欲不逾矩。"这是孔子人生阶段境界论，也是人们认知世界的各个时段。不同的年龄段有着不一样的追求，但随着年岁的递增，我们的目光不是放得更远，而是观察得更近，近到只关注眼前，近到慢慢眼睛向内，开始仔细审视自己，外界的精彩渐渐远离了视线。当目标不再成为目标，手脚便仿佛没有限制也不会乱了方寸，就如习武之人从走梅花桩练起，成为武林高手后脚下无桩亦有根。

白到强时会致盲，有至尽头就是无，终行极致便回始，所谓的终极目标即是无须定什么目标，也会随心所欲、随机应变、随遇而安。

（2017.1.25 星期三）

微信微言 乐山乐水

背影心扉

明天就是大年三十，农历 2016 年翻到了最后两页，丙申猴年将转身离我们而去，我心中似乎有些恋恋不舍，忽然想起朱自清那篇历久弥新的散文《背影》。

父亲为给坐火车出远门的儿子买几个橘子，"蹒跚地走到铁道边，慢慢探身下去，尚不大难。可是他穿过铁道，要爬上那边月台，就不容易了。他用两手攀着上面，两脚再向上缩；他肥胖的身子向左微倾，显出努力的样子。这时我看见他的背影，我的泪很快地流下来了。"

每读到此，我的眼睛都会潮湿。在我的记忆中父亲从未发过福，小时候印象最深的是每天清晨天未亮，我在被窝里就听到院子中父亲推着自行车出门，母亲轻声地叮嘱"路上慢点！"那时父亲天天骑行五十多里路去保定上班，他给我的印象是身形高大无所不能。我和弟弟最开心的事就是放学后等着父亲回家，急着翻看他的提包，总能找出几块糖或是一小包饼干。

有年放暑假，我进城去玩，中午便随父亲去他们厂子的食堂吃饭，他要了份一毛钱的肉炒白菜,"嚯,宝贝儿子来了,也舍得点荤菜了!"父亲的同事跟他打着招呼,我这才知道父亲平时只吃五分一份的素菜,他貌似健壮的身体却是强撑起来的。

闹学潮那年,我正在大学宿舍百无聊赖地看小说,忽然隐约听到楼道里有人在急急地唤我的小名,我腾地窜起推门一看,果然是从三百里外老家赶来的父亲,他担心儿子出事就请了事假看我。当第二天送他返程时,我印象中高大的父亲似乎瘦削了许多。

我留给父母的背影应该更多些,目送我上学,望着我离家远行,而自己很少想到背后老人看着孩子远去的身影是何感受。当为人父后,儿子每次走出家门,我都盼着目光可以拐弯,能够一直远远地欣赏到孩子的一举一动。

辞旧迎新,总会带给人们欣喜,但追思留恋同样不失是一种甜蜜,翻开岁月崭新的一页,也便将思念牵挂折成背影印到了心扉之上。

(2017.1.26 星期四)

微信微言 乐山乐水

猴拜吉年

今天早上我打开微信，拜年的话铺天盖地而来，其中说得最多的是：得在初一前拜年，因为过了今天是鸡年，再拜就成了没安好心的黄鼠狼！

北方的拜年比较早，初一清晨起床，穿上从里到外都崭新的衣服，在家门口放挂鞭炮，吃过热气腾腾的饺子，便三五结伴地出去拜年。第一站肯定是家族中的长者，然后就顺路一家一家地串，进门多是"给您拜年了"的客套话，主人忙着往孩子兜里塞把糖果或瓜子，没说上两句家长里短，后面又来新人，便顺势道别直奔下家。大街上满是打扮得像新娘新郎的年轻人，说笑着互相打着招呼，跟迎面来的人互道一声"过年好"后，低头还在寻思"这人是谁家的亲戚？"

我喜欢拜年，不仅因为到处洋溢着喜庆的气氛，更是因为笑脸驱赶了愁容，和睦替代了芥蒂。鲜有来往的远亲，过年时也会串个门道声"您身子骨比去年还硬朗"，为宅基地有过口角的邻里碰面时脸上也会挤出一丝笑意，仕途上明争暗斗的宿敌见面时也会握握手寒暄一句"气色不错"，商战里你死我活的对手相遇时也会拍拍肩膀说声"恭喜发财"，人们大有"往事如烟过，一笑泯恩仇"的味道。天

上的云彩似乎在涂写着祥和,地下的炮仗皮都好像堆出了融洽,空气中弥散着微笑,仿佛万点雨珠洒落湖面,激起层层欢快的涟漪荡漾开来。

拜年,其实是在和不愉快的过往说"拜拜",在"过年好"的声声祝福中迎来自己的福报。我也赶紧趁猴年的最后一天给大家拜个早年:祝您新春快乐,万事如意!

(2017.1.27 星期五)

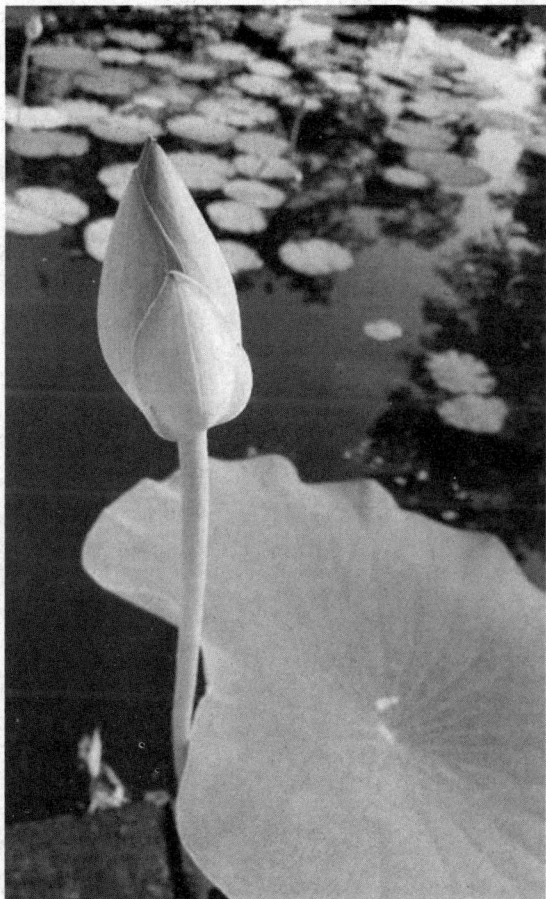

人间天堂

　　大年初一最忙的当属空中的信使，她们背着沉甸甸的祝福飞向四面八方，穿越千里把父母的惦念送到孩子的床头，跋山涉水将子女的孝心带到长辈的怀里，拐弯抹角把大包小包的问候堆到好友桌上。这些扇着翅膀的白衣小天使，欢快地穿梭忙碌着，即使兄弟姐妹相逢也无暇多聊，只是匆匆道一声"过年好"，又各自奔忙。一对毛手毛脚的小家伙不小心撞了个满怀，在咯咯的笑声中赶紧捡起散落的信件，彼此扮个鬼脸就消失得只剩了背影。

　　最幸福的也应该是这些信使，她们看到的每一张面容都满是笑意，听到的每一声话语都满是甜蜜，人们脸上的愁容被喜悦洗掉，嘴边的牢骚被吉言擦净，所有的不快和抱怨让喜庆的鞭炮击碎，所有的阴霾和雾霭让清风吹散，信使们被人们的和睦祥和感动，似乎分不清天上和人间哪里才是天堂。

（2017.1.28 星期六）

雄鸡一唱碾冰辙

　　人们逢年过节总爱写诗作对，我也琢磨着附庸风雅地胡诌两句，一时又不知从何处说起。今年是丁酉鸡年，自然而然地联想到毛泽东振聋发聩的诗句"一唱雄鸡天下白"。主席的这句诗源于李贺的《致酒行》："……我有迷魂招不得，雄鸡一声天下白。少年心事当拿云，谁念幽寒坐呜呃。"

　　整首诗写的是，作者遭受迫害后回乡途中，酒桌上主人的一席话如醍醐灌顶般让他顿悟：我有迷失的魂魄，无法招回，雄鸡一叫，天下大亮。少年人应当有凌云壮志，谁会怜惜你困顿独处，唉声叹气呢？

　　我最喜欢的还是这句"少年心事当拿云"，便从这儿下手写首打油诗吧：

　　　　少年蹉跎明日歌，
　　　　白云空拿付长河。
　　　　半百方虑夕阳短，
　　　　雄鸡一唱碾冰辙。

　　　　（2017.1.29 星期日）

节俭红

我属猴，去年自然穿了四季的红内衣，转到鸡年，老婆问我是否还穿，我说:继续!

国人特别偏爱红色:过节时要大红灯笼高高挂，洞房花烛夜里新郎要掀起羞涩娘子的红盖头，机关行文要下"红头文件"，股市里用红盘代表财富增加的上涨，就连不小心脑袋上磕了个大红包有人也会道一声"红运当头"。

据说这一"好色"民俗是和我们古人对太阳的膜拜有关，它与生存生活所需的火、生命循环必需的血液颜色相同，所以"中国红"代表着幸运和快乐，象征着长寿安康、财物丰盛、团圆美满、幸福吉祥、喜庆欢乐。

我想继续穿红内衣也是为了防止浪费，于是红色对于我来说又多一层含义:避奢节俭。愿这火红的色彩带给朋友们幸运、幸福，心情如红彤彤的对联般充满喜庆，生活似山丹花一样红红火火。

(2017.1.30 星期一)

查己为大

1月29日大年初二，宁波雅戈尔动物园发生一起老虎咬人事件：张某携妻带子和李某夫妇一同游园，在给老婆孩子买票后，两个成年男子逃票翻墙进了动物园，张误入老虎散养区，被虎拖咬，工作人员在用鞭炮驱赶无效后将老虎击毙，伤者也在抢救无效后死亡。

这一突发情况马上触动了人们敏感的神经，网络上的评论迅速超过对春晚的热议：大多数人谴责张某不守规则，同时有些人指责动物园应对措施不力、医护人员救治不及时、围观游客只知手机拍照的冷漠，也有人在探究门票定价、居民收入等所谓深层次的社会问题。

而我看着这些评议，心里一阵阵发冷，因为在横飞的唾沫星子中，找不到一条自责言论：当事家属和朋友没有承认自己行为的不当，动物园没有申明应对紧急情况的失误，医务人员没有讲自身的不足，现场"观众"没有反思个人的漠然，热评人没有剖析自己言论是否失当。所有人都在用手指头指点他人，仿佛自己就是大法官，就是道德的终极审判者。

曾子曰："吾日三省吾

乐山乐水

身"，古人都要每天多次反省自己的过错，而现代人则喜欢挑别人的毛病，找他人的不足：主观的、客观的，主动的、被动的，主要的、次要的，主流的、支流的，表面的、实质的，看得到的、看不见的，总会罗列出三五条，实在寻不到罪责便会昂起头大声喝道："你等着，迟早会让我抓到你的小辫子！"

大家喜欢用"属手电筒的"来形容那些只会看他人错误的人，但电棒的光柱扫到镜子时，也会有反光照到自身，为什么我们就要异口同声地谴责别人的罪过，而独独要将自己的鞋跟垫高？看来，我也不能只在这儿发牢骚，应该好好静下心来反观一下自己的问题，起码要虔诚地为逝去的两个生命祈祷：安息吧！

（2017.1.31 星期二）

无知无妨

经常听到有人用"贫贱夫妻百事哀"来形容夫妻生活贫困艰难度日，我今天偶然看到有人专门为此撰文大声疾呼：国人读书甚少，完全曲解了原意，可悲！

此语出自唐元稹《遣悲怀》的结尾："诚知此恨人人有，贫贱夫妻百事哀"，是诗人为悼念亡妻所作，意为：虽然我知道这种阴阳相隔的悲恨人人都会有，但一想起我们做贫贱夫妻时的每一件事情都会让我特别悲哀。这的确与现在许多人的说法有出入，但我觉得没必要大惊小怪，因为类似的事屡见不鲜。

人们常用"执子之手，与子偕老"来赞颂忠贞不渝的深爱，其实它本是共赴沙场的战友同生共死的誓言；李商隐赞美爱情的诗句"春蚕到死丝方尽，蜡炬成灰泪始干"，却演变为歌颂教师的名言；苏轼仕途失意时写的"枝上柳绵吹又少，天涯何处无芳草"，竟成为人们劝解失恋朋友的常用语。

流水不腐，户枢不蠹，语言只有不断推陈出新才会展现勃勃生机，顺应时代变化给古语赋予新意，大概不能算讹传，而应该是活

微信微言 乐山乐水

■ 微信微言　乐山乐水

水长流的源泉。我倒觉得有些人更可笑，他们举着放大镜，恨不得搬来显微镜，从故纸堆中抽出一丝他人"僭越"古圣先贤的佐证，便如中了彩票般兴奋地喊道："你们都错了！"

　　贫贱不可怕，可怕的是手贱；迂腐不可笑，可笑的是愚蠢。我想，如果元稹知道后人把他的诗句改作他途，他应该会宽容地说："无妨，无妨。"而不像有的人扯着嗓子大叫："无知，无知！"

（2017.2.1 星期三）

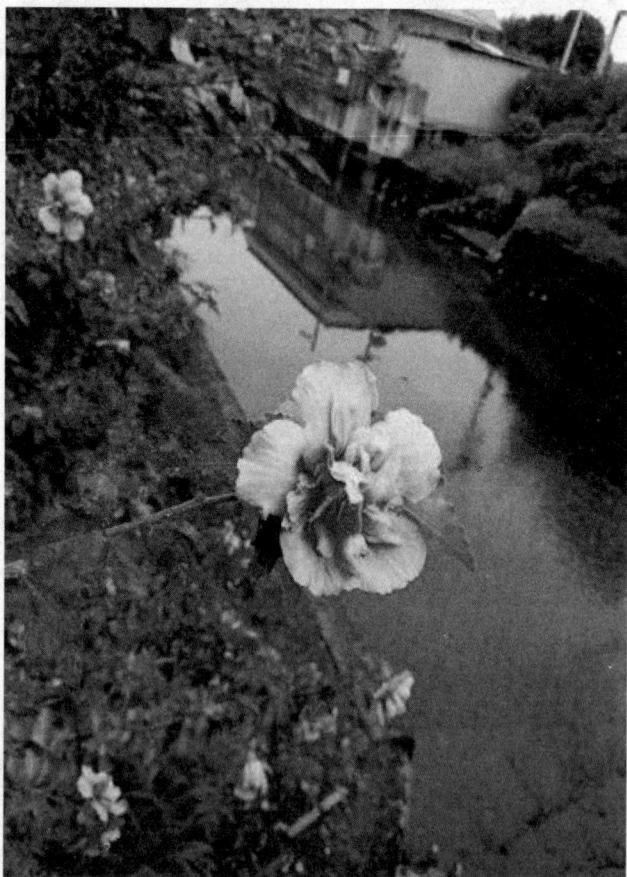

足够永无够 安心先心安

有朋友在微信中说：只有赚到足够令自己安心的钱，才能过上简单、安逸和自由的生活，才能让自己活得有底气。我觉得此话有一定道理，但也不完全赞同。

"经济基础决定上层建筑"，马克思从哲学角度论证了这一命题，而现实生活同样佐证了它的正确。百姓的衣食住行样样离不开人民币，夫妻吵架拌嘴百分之八十源于钱财；央视多名当红主持人辞职的理由均是"想要过上体面的生活"，言下之意是中央台的收入太低；银行有了一定存款，老人才会乐呵呵地吃吃老酒，打打小牌，安享晚年；手头宽裕了，才可以有闲钱去说走就走的旅行，才会有闲心养狗喂猫种花栽草，才可能有闲情呼朋引伴吟诗作赋。安逸、自由的生活的确离不开物质基础。

但令自己安心的钱没有足够，月收入三千盼着五千，挣到十万惦着百万，开着奥拓打算换奥迪，住着两居羡慕三室两卫。挣钱的想法永远在路上，"简单、安逸、自由"似乎总在不远处飘荡，我们两只手都在忙着往怀里捞

▌微信微言 乐山乐水

钱,却常常抱怨抓不住梦想的生活。

足够永无够,安心先得心安。安逸自由的生活需要金钱,但不是买来的,而是有十块钱时也要买串糖葫芦逗爱人开心;总惦着把攥在手心里的钢镚攒着存银行,脸上就很难泛起幸福的光晕。

(2017.2.2 星期四)

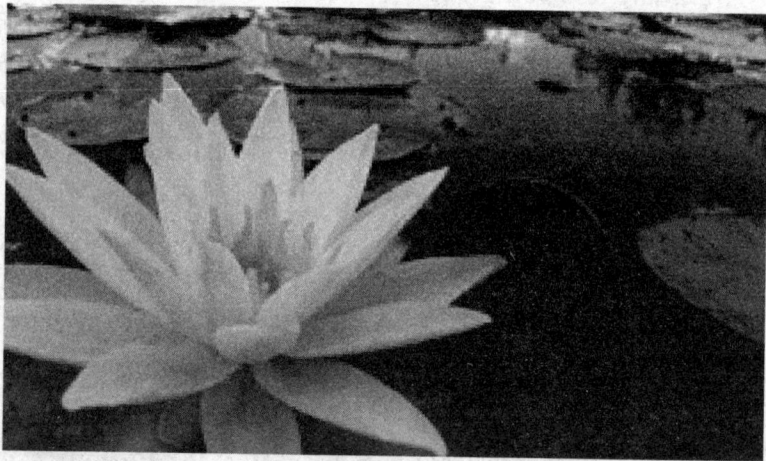

不看过往无憾 只见未来无伤

今天是正月初七,春节长假倏忽间就结束了,人们仿佛还沉浸在盼着过年的期待中,眨眼的工夫便与年擦肩而过,就如远远望见缓缓移来的火车,心中暗念着要好好看看车身侧面挂的到站标牌,等到近前才感到列车行驶之快,车窗车身都幻化为模糊的映像,转瞬间就只剩下极速消失的车尾。

年过完了,人们好像清晨沉睡时,忽然被敲门声惊醒,对温暖被窝的眷恋和对起床开门的无奈糅合在一起,伸着懒腰打着哈欠,嘴里不停地嘟囔着"真烦人",可还得抖擞一下精神走向大门。花落让人惜,年过令人叹,天增岁月人增寿,留不住的是时光,挡不住的是年岁,人们每年肯定能收获的就是岁数,感伤也便化作眼角的鱼尾纹。

今天又是立春节气,冰雪开始融化,和风会慢慢吹嫩柳丝,细雨会渐渐滋润禾苗,绿色将渲染大地,鲜花要抢占风头。人们将甩掉厚厚的棉服,小伙子可以展示健硕的胳膊,大姑娘能够秀一下美腿。一切都充满朝气和活力,一切都欣欣向荣蓬勃向上,渴望与欣喜在心中萌动,明天又会是个艳阳天。

乐山乐水

微信微言 乐山乐水

▌微信微言 乐山乐水

年过去了,春天来了,淡淡的留恋令人懂得珍惜,浓浓的渴求使人知道奋进,不看过往无憾,只见未来无伤。新年,您好走,春天,我来了。

(2017.2.3 星期五)

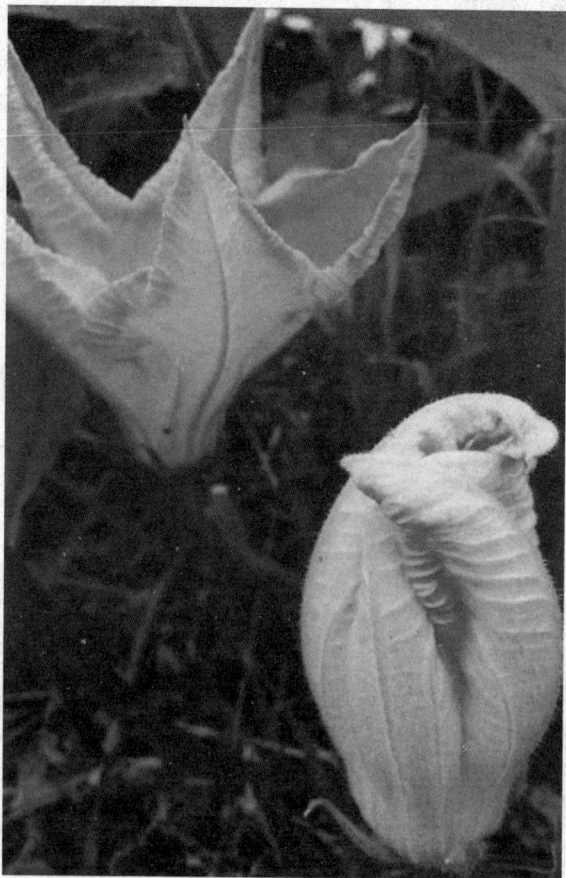

大度无气

　　一网友转发了我的短文,但并未署名,我看到后照例点赞,他后来表示了歉意,"没关系,只要喜欢就行。"我轻松地说,"大气!"他迅速做出回复并附上个竖起的大拇指。

　　大气是气大的,无奈做了打底裤。最初见到别人转我的文章,不写名字甚至改成他的时,我都十分气愤,感觉他们是在窃取自己的劳动成果,好像辛辛苦苦种出的大甜瓜被人摘走了一般,恼怒常常使两眼发胀,闷气屡屡把肚子鼓胀。虱子多了不咬,债多了不愁,经常被刺激后,反应似乎变得迟钝,心绪也平和了许多,就如一块石头会砸起整盘子的水,而把它扔到深潭中时只是荡起一圈浅浅的涟漪。

　　大气是养大的,无妨成了尿不湿。接触的文友多了,我慢慢体会到大部分人是因为喜欢或羡慕才转自己的文章,很少怀有恶意或别有用心的,总不能因为这个而耿耿于怀,似老母鸡护小宝宝般伸长脖子发出"咯咯咯"好斗的鸣叫吧。文章本就是字词的各式排列组合,就像小朋友们在幼儿园用积木搭出许多漂亮的房子,创意是你的,材料是大家的,老师一声"下课了",所有的"建筑"又都复归原位。

▍微信微言 乐山乐水

　　大气从无奈走向无妨，是潮气凝露的禅变，是冰雪化雾的升华，地大可承山洪雪崩，天阔能容电闪雷鸣。当大气沉积为大度时，所有的愤懑便如霾气般遇风而散。如果这位网友称我"大度"，我大概就会飘飘然找不到北了吧。

（2017.2.4 星期六）

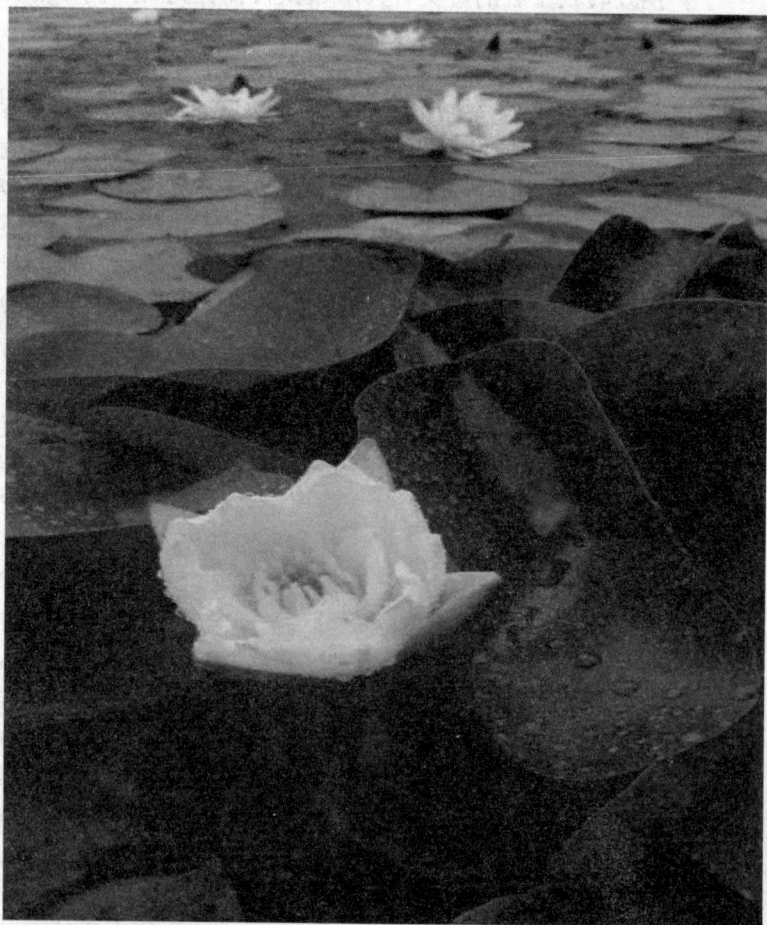

无为有为

有朋友说:你必须有为,才能去享受无为的状态。此话有理。

"有为"是有作为,做出成绩的意思,是道家哲学的一部分,即庄子说的"有所待","待"就是依赖于条件,随条件的变化而变化,因缘和合而成。可见"有为"需要外部环境的配合,更需内部自身努力的主导,即平常所说:嘴馋,但天上不会掉馅饼,任何成就的取得都需要自己根据周围环境不断奋发努力,只做白日梦不行。以前见过一个笑话:导师问将毕业的大学生以后做什么工作,"我也没多大抱负,就当个县长吧。"初听觉得可笑,细想,如果这位学子踏实肯干,一路拼搏,也可能会做到省长。

"无为"是顺应自然,不求有所作为的意思,也是道家倍加推崇的核心概念,老子的不争、道法自然、不敢为天下先的说教无不透着"无为"理念,最终成就"无为而无不为"的理想状态。但"无为"并不是什么都不做,并不是不为,而是含有不妄为、不乱为、顺应客观态势、尊重自然规律的意思。饿了吃饭就是"无为",饿了只想吃鲍鱼海参便是"妄为"。

可见"有为"和"无为"并不矛盾,都是根据条件审时度势动或不动,动有根,不动有据。"有为"是一种思想,是迎难而上的斗志;"无为"是一种理想,是急流勇退的状态。一味地与天斗、与地斗、与人斗,最终只会碰得头破血流,而整天提笼架鸟、沉溺于声色犬马,最后只能发酵为一堆腐肉。

经过"有为"的大起大落才会沉醉"清静无为"的淡雅,怀揣"无为"的风轻云淡才会细品"奋发有为"的激情。"有为"是"无为"之火,"无为"是"有为"之烟,在烟与火的交融中,"有为"升华成"无为","无为"助推着"有为"。

（2017.2.5 星期日）

修身和家忧国看天下

　　修身、齐家、治国、平天下，是儒家经典思想，也是千百年来大丈夫的传统道德理想。但时移事易，春秋战国时期的孔孟先贤所提出的说法，现在单从字面意义上讲已发生变化。

　　齐家，是治理、管理好家族，使成员齐心协力和谐共处的意思。古时，家更多的是指一族，上上下下几十口人，甚至是整个村落。但现在都是三四口的小家，即使有兄弟姐妹也大部分是天各一方，而且丈夫要想在家里说了算，必是鸡犬不宁，所以与其"齐家"不如"和家"，夫妻能够和睦相处、同甘共苦，足矣。

　　治国，是辅助君主或君主本人治理好国家的意思。姬发打败商纣建立周朝后，为巩固统治分封了八百多个诸侯国，当时的国只是个城邑，或方圆百里的小邦，而非现代意义上的主权国家，且现在的国家运行之复杂也非古人能想象，大部分人只能说是参与治国吧。所以，与其"治国"倒不如"忧国"，忧国忧民还应该是每个人的天责。

　　平天下，是安抚天下黎民百姓，使他们能够丰衣足食、安居乐业的意思。这里的"天下"指周天子管辖下的黄河长江中下游二三百万平方公里的疆域，而非现在的世界。凭一己之力让七大洲太平实在是空想，所以与其"平天下"莫如"看天下"，随时关心世事动态、了解世界风云变幻，可能更实际些。

　　修身齐家治国平天下，只是儒家为士大夫量身定做的入世法则，而非老百姓所能企及，但作为一种励志名言，永不为过，如果改为"修身和家忧国看天下"可能更平民化些。

（2017.2.6　星期一）

春剪笑脸

"五九六九沿河看柳，七九河开，八九燕来，九九加一九，耕牛遍地走"，从孩童时代就开始唱的这首"数九"歌谣，把我们带进新的季节。立春一过，尽管寒风依然料峭，但春姑娘已向我们招手，充满温馨和活力的气息扑面而来。

周末畅游玉渊潭公园，我似乎触摸到了春天的肌肤。湖边执勤的柳树好像是换了岗，脱下严冬中的刻板威严，轻抖秀发临风飘飞；脚下的草坪仍是枯黄一片，但回首远望却见淡淡的绿意，大有"草色遥看近却无"之感。两只先知水暖的麻鸭在一池碧波中徜徉，引来无数长枪短炮聚焦拍照，"估计它们烦透你们了！"一位姑娘跟同伴开着玩笑，而那对鸭伴侣仍旁若无人地嬉戏游玩，如见过大世面的明星。公园步行道上熙熙攘攘，满是两手紧牵的小伙姑娘，推着童车的年轻夫妇，相扶相搀的夕阳红；有大汗淋漓跑步的，有高声跑调练嗓的，有随乐翩翩弄舞的，每个人脸上都洋溢着春晖般的红晕。

二月春风似剪刀，我期待着春姑娘能剪出朵朵桃花，剪出片片绿茵，剪出天天蔚蓝，剪出潺潺清泉，剪出餐餐安全，剪出张张笑脸。

（2017.2.7 星期二）

49

举头三尺有心明

　　古人在发誓时常说:上有天,下有地,举头三尺有神明。原意是指神明在供桌上面三尺的地方看着你,如果虔诚祈祷供奉的话,它会显灵帮忙。后来引申表示无论在什么地方做任何事,你头上三尺地方的神明都会看得清清楚楚。

　　看来神明一直是个明白人,而我们经常是回头方看清来路,总当马后炮、事后诸葛亮,常常是在经历过才清醒:股票赔得掉腚,晓得了股市有风险;房子装修完,明白了厨房插座安少了;夫妻吵架时,清楚了爱情也不全是防水抗皱的。

乐山乐水

　　佛度有缘人,神明也很忙,有时懒得看你,不自察难自觉。做事凭良心,凭的就是不自欺欺人,我们有时不是不明白,而是在装糊涂:中彩票得大奖的美事为什么不是我遇到,超速撞车的倒霉事为什么会是我碰上;障目的树叶其实是自己亲手拿的,掩耳盗铃时实际上是没来得及捂别人的耳朵。眼睛看不见而阳光照样在,耳朵听不到但铃铛仍会响。

　　上有天,下有地,可欺天,可瞒地,但欺骗不了自己,神明不在供桌上,而是在每个人的心中,举头三尺有心明。

　　　　　　　　　　　　　　　　(2017.2.8 星期三)

富也可独善其身 穷亦能兼济天下

常听人煞有介事地说：有钱把事做好，没钱把人做好。我觉得此话有些偏颇。

做人好坏与有钱没钱关系不大。穷人的孩子早当家，贫穷是一种磨难，也是一种历练，困苦会激发人的斗志和意志，在吃糠咽菜中会懂得珍惜的可贵，在别人的帮扶里能知晓感恩的温暖，在摸爬滚打间将明白收获的甘甜。而为富不仁者也大有人在，挥金如土是因为烧钱才能映出脸上的血色，纸醉金迷是由于感官刺激方能证明活着，财富对他们而言就是命根子，所以便会死死抱着，生怕别人觊觎。

做事成败跟钱多钱少联系不多。一块糖就会使孩子拍手蹦高，一枝玫瑰便能让爱人脸绽桃花，一杯二锅头即可和朋友推心置腹，钱少用在刀刃上可抵万金，钱多无当照样寸步难行。有钱难使猪推磨，豪车难走北二环，豪宴也有腹胀时，豪门亦闻悲歌声。

用心做事，事半功倍；有心做人，为富也仁。没钱做好事圣也，有钱做好人贤哉，则富可独善其身，穷亦能兼济天下。

（2017.2.9 星期四）

微信微言 乐山乐水

51

卓尔不"裙"

　　每年春晚的副产品是被吐槽,但今年很特别,大家热议的不是男男合唱、姜昆的老虎洞相声,而是主持人董卿的口红,更让人没想到的是董大小姐近日再次走红,然而不是因为羞花容貌和华丽服饰,却是她字字珠玑的才情。

　　"当时的我是何等温柔,我把花瓣撒在你的发间,当你离开,我的心不会变凉,想起你就如同读到最心爱的文字,那般欢畅",《中国诗词大会》第二季中,一位选手离家在外,为了教女儿背诗,将词谱成曲,董卿有感而发上述肺腑之言。整个主持过程中,她旁征博引出口成章,几乎成了个人的才华专场秀,再次征服无数粉迷。我对董卿的印象也悄然发生变化,眼中已不是珠光宝气、雍容华贵、引人侧目的她,而是腹有诗书气自华、光彩夺目的她。

　　再艳的口红也会成为明日黄花,再美的容颜也会变成来日黄脸,可时光冲不走诗词文化的瑰丽,岁月遮不住才华横溢的魅力。董卿,令人折服的不是石榴裙,而是让人叹服的卓尔不群。

　　(2017.2.10 星期五)

早起早睡

　　"别睡太晚，对手机不好"，初听此话，我觉得很好笑，但细想后发现其十分励志。

　　爱玩手机的"低头族"大部分是"夜猫子"，半夜三更抱着屏看视频、打游戏、聊大天，晚上精力充沛赛神仙，早上无精打采如烟鬼。都知道早睡早起身体好，然而拿起手机就忘了自己，心里想着再看一集电视剧就上床，可两集过后还觉不过瘾；盘算着聊到十点就睡，没想到主播这么有魅力，凌晨一点还舍不得下线；计划打一局麻将就撤，不成想连赢四局，怎么可能"急流勇退"……时间在手机面前便成了群主发的红包，昙花一现间就不见了。

　　熬夜熬的不是身体而是生命。"日出而作，日落而息"，是老祖宗留给我们的养生大道，白天为阳，夜间为阴，阳动阴静才符合自然之法，阴阳颠倒便是对天理的忤逆，也是对躯体的摧残，更是对精神的麻痹。晚上玩手机多半是习惯，如吸食鸦片后的毒瘾发作，在放任中让灵魂跑到荒野漂移，似孤魂野鬼般四处漫游，生命便像

微信微言 乐山乐水

鼓了风的煤球快速燃烧，又若孩子手中的蜡笔在疯狂涂画里迅速磨短。

晚睡对手机不好，熬夜应该只会让"苹果"偷笑。走得太匆忙，有时会记不得为什么出门，而手机大概已经忘了是用来打电话的。有人总是苦恼于"上床早睡不着"，那是因为你没早起。早起就会早睡，这不仅是生理机能使然，更是坚定信念的支撑。所谓觉悟，就是先解决了睡"觉"的问题，才谈得上大彻大"悟"。

（2017.2.11 星期六）

眼皮迷眼

被公安机关羁押的"气功大师"王林近日因多器官衰竭不治身亡，他曾凭借空手变活蛇的魔术和算命占卜的小把戏，将无数政治大佬和文体明星玩弄于股掌之间。正如王朔所说："王林事件戳穿了中国精英的遮羞布，脱掉了他们最后一条内裤。"

苍蝇不叮无缝的蛋，那些令人艳羡的"大星星"们同样有难以启齿的一面：失意、彷徨、空虚、无知和愚昧，当明星的光环被一个杂耍戏子击碎之后，我们并没有对骗子心生痛恨，反倒是对自己曾经的盲目追星深感痛心。

迷眼的不是沙粒，而是眼皮，因为它没能及时遮挡住尘埃。明星不是神，只不过是会博取众人欢笑的"大神"；精英不是仙，只不过是会逢场作戏的"大仙"。我们应该感谢王林，是他让人们看到了华丽孔雀的后腚，是他的小把戏掀开了"皇帝的新衣"。

能掐会算的王林没能预测到自己会锒铛入狱猝然离世，但我敢大胆地预言：将来还会有张林、李林或者刘林等"大师"的横空出世，因为那帮精英还在。

（2017.2.12 星期日）

微信微言　乐山乐水

简单天成

最近经常看到题为《人民日报再推极简主义生活方式，醍醐灌顶》的链接，我没去考证它的出处是否准确，但觉得这一观点有些偏激。

文章极力推崇：欲望极简、精神极简、物质极简、表达极简、信息极简、工作极简、生活极简，建议人们：将家中超过一年不用的物品丢弃、送人、出售或捐赠；不做无效社交，穿着简洁、不花哨；减少使用社交网络、即时通讯，少看微博、朋友圈……

有人说：小时候幸福很简单，长大后简单很幸福。的确，随着岁月的流逝，我们增加的不仅有年龄，还有烦心闹心忧心的琐事，笑逐颜开远了，愁眉紧锁近了，这不是由于我们得到的少，而是因为想要的多，欲壑如鸿沟般被冲刷得越来越宽，远方的诗行渐渐变得依稀模糊，眼前时时浮现名利诱人的魅影。

简单的生活方式不仅简化了衣食起居，更是简约了我们的头脑，少了贪念多了满足，少了贪婪多了知足；在平静中享受安逸，在平淡中体味安详；不攀奢华，不比富贵，稀稀的米粥飘出浓浓的温情，轻轻的牵手握住牢牢的亲情。

过犹不及，物极必反，极简主义把简单推向了极致，将随意变成刻意而为，使随性变为蓄意造作。当简单成为一种泾渭分明的规范，成为整齐划一的规定动作，我们是不是要回到刀耕火种、兽皮麻绳的原始社会更理想！

简单走到尽头便是烦琐，是夺人眼球的噱头。顺水推舟不强求方为根，顺势而为不造作才是本，简单的根本即是天成自然。

（2017.2.13 星期一）

只愿眷属终是有情人

"但愿有情人终成眷属",这大概是情人节里人们最美的祝福,但我总觉得此话不完整。

如果把古代赞美爱情的诗句和故事存入硬盘,估计可以用 GB 也就是"千兆"来计量。无论是《西厢记》里张生和崔莺莺的美满结局,还是《梁山伯与祝英台》中男女主人公凄美的传说,都寄托着人们对浪漫爱情的憧憬。"只愿君心似我心,定不负相思意""山无棱,江水为竭,冬雷震震,夏雨雪,天地合,乃敢与君绝""问世间情是

何物,直教生死相许",每首诗、每阕词都饱含着爱的缠绵。也从中看出,古人并未把爱情划成婚前和婚后分别歌咏。

现在人们常说婚姻是爱情的坟墓,轰轰烈烈的结婚庆典之后,锅碗瓢盆交响曲中常常掺进不和谐的音符:新婚宴尔的小两口就因谁去买早点反目,精彩的外面世界让无数七年之痒的夫妇挥手拜拜,多年患难夫妻却是富贵临头各自飞。婚后的平淡与恐惧让人们更加留恋和羡慕未结连理时的花前月下。

微信微言　乐山乐水

　　天若有情天亦老，人间正道是沧桑。守住清贫、耐住寂寞可能是对婚姻最大的考验，携手静候公交站，并肩坐看霞满天，生日时的一碗手擀面，病床前的一夜无眠，应该更值得珍惜和赞颂。情人节不应只属于相拥相伴的恋人，也该属于相濡以沫的爱人，但愿有情人终成眷属，只愿眷属终是有情人。

（2017.2.14 星期二）

世如春光

"我们热爱这个世界时,才真正活在这个世界上",这是泰戈尔的经典诗句,它如拂面春风般吹散了雾霭霾气,似润物春雨般滋养着返青冬苗,将勃勃生机挥洒在天地间。

世界并不完美:有孤悬大洋的海岛,有不毛之地的沙漠,有贫瘠荒凉的戈壁,有终年不化的冰盖;生活也并非无憾:失学让山区孩子满脸无助,失恋使热血青年满怀悲愤,失败叫打拼北漂满目疮痍。月有阴晴圆缺,人有悲欢离合,完美只在天边,完满只有瞬间。

眼里有美,世界才绚烂,心中有爱,人间才温暖。欣赏的目光看到的都是美景:孤岛的日出大气磅礴,沙漠的晚霞瑰丽奇幻,戈壁滩上能寻到天然玛瑙,冰川顶上可一览自然鬼斧。善良的心胸接触到的都是友爱:求学挫折让山里孩子珍藏感恩,感情挫伤使小青年珍视缘分,事业挫败叫奋斗者珍重帮扶。

热爱不仅给世界涂上彩绘,也给我们的身心抹上淡妆。世如春光,春天的阳光虽不热烈,但饱含暖意。现在立春已过,尽管冰未化风尚冷,但我们心中的爱可将坚冰融化,能使寒风和煦,在欣喜中时刻感受温馨温情的律动。

（2017.2.15 星期三）

微信微言 乐山乐水

59

君子警而不防
小人防而有枪

俗话讲:"防君子不防小人。"意思是说防范措施只对君子有用,而对小人没有意义,这句话给我的启示是:君子也需提防。

君子,原本是国君之子的意思。根据古代宗法制度要求,国君的嫡长子从小就要进行理想和人格的规范教育,所以自然成为个人修养上的楷模。后来,君子一词便被引申到所有道德、学问修养极高之人的统称。

可见,君子要靠后天修炼,但贪念是与生俱来的:小孩子天生就想多吃奶,窈窕淑女君子好逑,怀春少女苦苦追寻心中的白马王子,对美食、美色、美景的喜好是人之天性,而修为只是阻拦越界的篱笆。当外面的诱惑不足以招致违规涉险时,人们便会安心在院子里读书吟诗,不屑地来一句"吾岂肯为五斗米折腰",即是所谓谦谦君子;当外部的精彩勾引得人魂不守舍时,有的便会看看四下无人,扒开篱墙一跃而出,如飞蛾扑火般一头扎

入名利的温柔乡,嘴里还会念念有词"我不下地狱谁下地狱",便成了道貌岸然的伪君子。

观棋不语真君子,是因为有人提醒过"请勿喧哗",君子之交淡如水,是怕贪欲扯掉人们脸上谦恭仁让的面纱。篱笆再牢,也只是"小心地滑"般的警示,真正高不可攀的只有用修养打牢地基的心墙,真正吹不破的只有缀满理想大道的心帆。

防君子,不如警示诏告;不防小人,莫若拿起钢枪。即是:君子警而不防,小人防而有枪。

（2017.2.16 星期四）

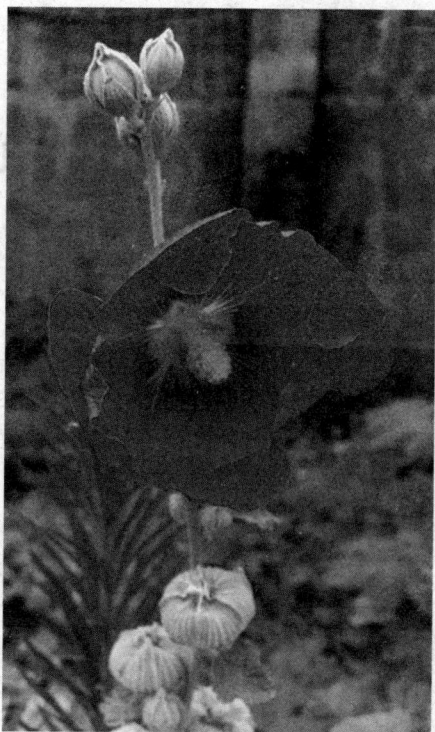

微信微言 乐山乐水

水静尘清 心定神明

昨天一朋友告诉我：有人转发你的微信短文，但署了他的名字，问我怎么办。我回道：这种人很可怜，不用与其计较。

小孩子见到同伴的糖果好吃，怕硬抢打不过对方，便趁人不备偷偷拿两块揣到兜里，剽窃他人作品者与这顽童一个心态。自己写不出好文章，眼馋，心眼又小，只好干些龌龊之事，时时斜眼看一下有没有被人发觉，常常惴惴不安地琢磨事发后的应对之策，多么可怜呀！

可怜之人自有可恨之处。砌砖建筑工挥汗如雨盖高楼，码字文艺工绞尽脑汁绣华章，当大厦竣工时发现墙角被挖不能验收，工人会当场气晕，当千辛万苦谱写出的篇章被别人冒用时，"文艺青年"也会脱口而出"娘希匹"。家雀啄食地里的几粒种子，却影响了老农一年的收成，抄袭者"借用"了作者的作品，却是对原创热情的无情打击。

我不会跟偷盗者计较，因为不想把时间耗在无谓的纷争之中，流浪狗叼走了一块腊肉，何必要寻根棍子四处找这畜生算账。偷油的老鼠尝到得手的甜头后，会胆子越来越大，最终等着它的是丧命鼠夹。

不与坐享其成的人计较，是因为我的眼光已远，心思已高，望着高山岂能让土坷垃绊脚，向往飞鹰怎会在乎燕雀聒噪。水洗浊净，水静尘清；心阔气畅，心定神明。

(2017.2.17 星期五)

给勤奋一个理由

"是什么原因支撑你每天坚持写两篇短文?"昨天有网友问我,"习惯。"我轻松地回答他,但习惯的养成并不轻松。

2013 年开通微信,2014 年我便开始天天发两段随笔,起初只是觉得好玩,权当写日记,后来发觉每次动笔都是一次知识的累积,更是思想认识的一次梳理,我就像得了大人奖赏的小孩子般更加起劲地写。

微信毕竟不是工作,也不能影响工作,所以我都是趁早晨上班前写一篇,晚上回家再凑一段,几年下来慢慢就成了习惯。有时起晚了或是下班后有事,匆忙中难免会想偷懒,但总有个声音提醒我:逆水行舟,手一松便可下滑十米二十米,所以不能退缩,只有迎难而上,一次次坚定地撑住竹竿,扁舟才会冲过急流险滩抵达上游,因此无论如何,我都要保证一天两篇的底线,即使是有特殊情况第二天也要补上。

当点滴心血化作墨香时,我内心充盈着丰收的欣喜,那是农民在田间地头看到麦穗低垂时的喜悦,是工人获得"高级技工"荣誉时的自豪,是战士拿下比武第一名时的兴奋,是"酸辣粉"摊主

微信微言 乐山乐水

63

挣出孩子学费时的开心。自己亲手制作的风筝高高飘飞时，仰起的笑脸肯定写满欣慰，眼光也便随之攀上九霄云外。

　　"以后少写点，别累坏身体。"年迈的母亲经常心疼地劝我，"妈，您放心，我不累。"这既是对母亲的安慰，也是我真实的感受。热恋中的小伙子跑三十里山路去会女友肯定不觉腿疼，靠刷盘子打扫厕所挣钱供孩子读大学的父母从不会喊苦，是熔岩般火热的爱情驱散了疲劳，是望子成龙的慈爱洗去了辛劳，坚定的信念支撑着他们咬牙坚持，简单的理念是我一路向前的不竭动力：让每天都发一点光，当生命之火燃尽时就能安然地道一声"值了"。

（2017.2.18 星期六）

大学无形

　　人们对"海内存知己,天涯若比邻"的解释是:四海之内有知己朋友,即使远在天边,也感觉像邻居一样近。我一直以为"四海"指:渤海、黄海、东海和南海,但总感到不通顺,最近听了几段易中天教授的讲座后豁然开朗。

　　古人认为天圆地方,天就像个半圆形的球扣在方方正正的大地之上,但四个角是盖不住的,这便是东西南北四个海了,后来泛指全国各地。我一下就明白了:五湖四海、放之四海而皆准、名扬四海、四海为家、四海皆兄弟等成语的源头。

　　听君一席话,胜读十年书,获取知识的确不只是局限于看书学习,通过网络、通过社交、通过旅游、通过听讲座、通过看电影,我们都可以增长见识。有时朋友无意的一句话,参观中的偶然一瞥,手机视频里一个意外镜头,可能会让我们茅塞顿开,多年的疑窦倏然化解。

　　大学无形,学无止境,学更应不拘于形式,当你始终怀揣求知的渴望时,处处便是课堂。人人皆为老师,学富五车只是时间问题了。感谢易老师的隔空赐教,让我如灵犀一点通般的畅快,更感谢自己心中始终鲜活的好奇欲,让我如进了大观园的刘姥姥似的老而好学。

　　　　　　　　　　　　　　　　　　　　(2017.2.19 星期日)

相濡以沫即忘江湖

"吃饭了吗？"手机里传来老婆关切的询问，这两天从达州回北京的机票全部售罄，我不得不先坐火车辗转成都，再乘第二天的飞机返京，昨天挤出车站时已是晚上九点，赶紧打电话给家里报个平安。"在车上吃了个盒饭。"我轻松地汇报道，"记着住下后再去吃点东西。"老婆的唠叨声掸去了我浑身的疲倦。

最美不过亲人的惦记。我每次乘飞机出差，只要一出机场便会给妻子发条短信："顺利到达，勿念。"很快就能收到简短的三个字"知道了。"有一次急着赶路，下飞机忘了开手机，两个小时后坐接站车到了招待所才想起开机，屏上立马跳出十二条短信："落地了吗？""到了吗？""到哪儿了？"……我赶紧回复，"吓死我了"，看到爱人的信息，我好像望见她脸上的惊恐。从那以后，落地开机成了我的第一要务。

最开心的莫过"十分"。"一毛钱太少了，我给你发一百吧。"过年时老婆要我给她每天发一毛的红包，"我想天天十分开心"，看着她略带顽皮的笑脸，我只有服从的份儿了，从此我的微信又多了项业务。好在少花钱多办事，而且是高兴的事，我自然也乐此不疲。

滴水汇河，滴爱聚情。一句叮咛，一个牵手，一次责怪，平平常常的生活，平平淡淡的日子，就多了一抹红晕，便添了一丝温馨。水滴河不枯，爱聚情不断，相濡以沫即忘江湖。

(2017.2.20 星期一)

始于气质 终于心地

最近常听人讲:欣赏一个人,始于颜值,敬于才华,合于性格,久于善良,终于人品。这种由表及里的识人过程很有道理,我觉得更准确地说应该是:始于气质,终于心地。

我的一位年轻朋友去和别人介绍的女士见面相亲,回来后满脸沮丧,我问何故,"长得还不错,有点像章子怡,可张口就是钱,满嘴炉灰渣,瞎了那张脸。"我默然。初次相识,让人愿意继续交往的往往不是因为高鼻大眼或苗条身段,而常常是由于谦恭和善、礼让亲切的谈吐,让人念念不忘的是优雅淡定的气质。

颜值和才华都只不过是披在身上的外套,无论是皮草还是化纤,不论是时尚的披风还是呆板的中山装,都遮不住鼓起的大肚腩。朋友间相处时间愈长,越愿意素面朝天以对,所有的客套,一切的掩饰,都只会让人感到矫情,彼此长久吸引的是臭味相投的品性和相帮相扶的善心。

相由心生,气质也不过是心地的投影。一见倾心,因是双眸相对时已然发生心灵的共鸣;一见钟情,只是千百次寻觅后命中注定的情愫。心怀善念,蒜头鼻都会透出可爱,朴素的工服也能穿成时装,欣赏的目光就如聚光灯般时时紧随。

(2017.2.21 星期二)

权至上无亲

　　"煮豆燃豆萁,豆在釜中泣。本是同根生,相煎何太急?"这是曹植面对一奶同胞曹丕兄弟相残时的悲愤之语。历史上至高无上的皇权勾引出多少弑父杀兄的惨剧呀:唐太宗李世民玄武门之变,斩杀兄弟后逼父禅位,置纲常于不顾;明成祖朱棣篡夺侄子皇位,将伦理置之度外;前几日,金正男遇袭身亡,大概又给这一魔咒增添了一个现代版的注脚吧。

　　泽被后世,福荫子孙,应该是每个人的美好愿望,然而家天下的皇帝有几人善终,后代儿孙又有几个能寿终正寝。权至上无亲,利至极无惧,权和利在给人们带来口福之享、体肤之愉的同时,也在悄然悬起一口寒光闪闪的利刃。

　　如果金正男是位诗人,面对同胞兄弟举起的屠刀,不知会作何感慨,大概只会怨恨正日多情吧。

(2017.2.22 星期三)

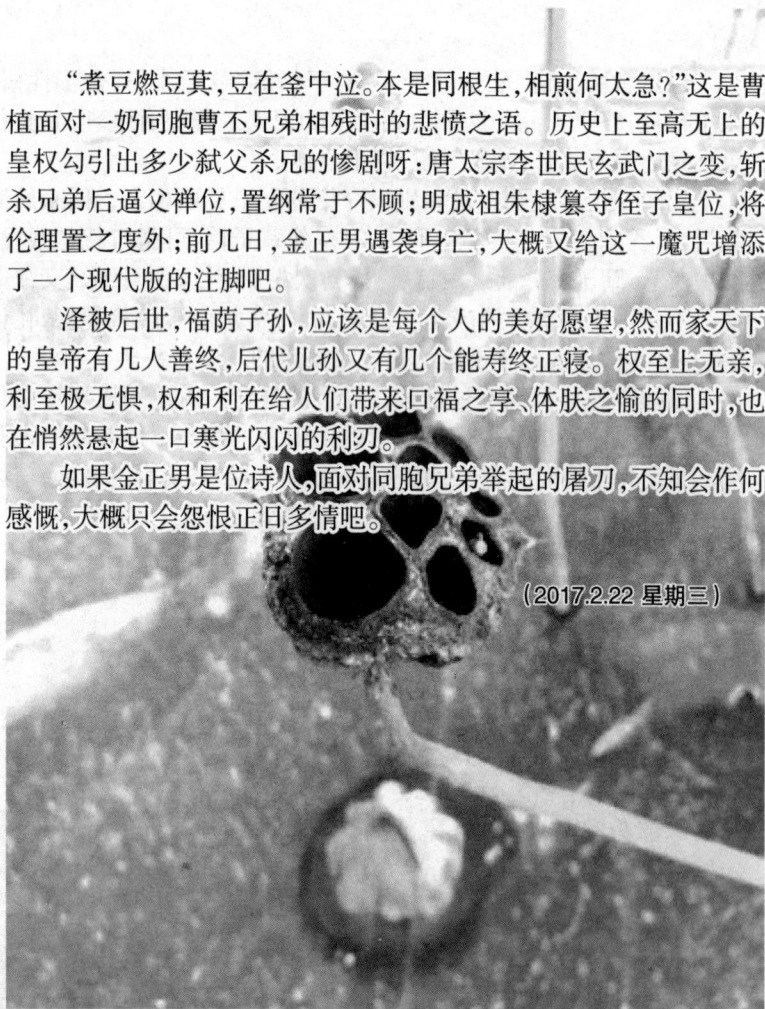

桃秀桂林

人们都说"桂林山水甲天下",而昨天中午刚到这座以喀斯特岩溶地貌闻名的旅游名城时,首先吸引我的却是桃花。

趁午休时间,我赶紧到招待所附近转转,行不多远,红彤彤的花枝便跃入眼帘:路边、水岸、桥畔,亭亭玉立着一树树如淑女般的桃花,她们或三五成行似走T台的模特,或独立桥头像盼郎归的新娘,或探身绿波犹如戏水的顽童,一枝枝秀着妩媚,一朵朵透着娇柔。我穿梭在花丛中,就像个闯入女儿国的莽汉,四周的花树若含羞的姑娘,掩面偷偷窥探着入侵者,我故作镇定地一步一行,免得让她们觉得自己没见过大世面,但总难以抑制尽赏花容月貌的窃喜。

看看快到开会时间,我依依不舍地与桃花道别,暗暗约定,第二天一大早老地方见。

（2017.2.23 星期四）

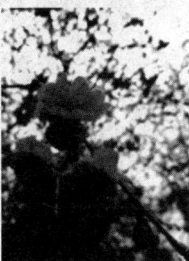

微信微言 乐山乐水

69

世事最坚唯色难 用心求索始容易

　　今天梅桃之争还在继续，不断有朋友说我在桂林拍的红花是红梅，而又有人坚持认为是桃花，终于一好友给出了权威答案："先开花后长叶的是梅，先出叶后开花的是桃。"看来桂林照的应是桃花，前几天在四川达州拍的就是梅了，下面两张图一对比便一目了然。

　　"你真厉害！"我对朋友赞道，"我也是想弄明白，就上网仔细查了查。"他解释说。这真是：

> 梅桃难辨若猜谜，花叶竞放露端倪。
> 世事最艰唯色难，用心求索始容易。

（2017.2.24 星期五）

70

心有千千结 八面来风舟自横

　　每当我看到这张图片时,都会心生安宁:一池碧水,波澜不兴,似在静静沉思,一座小桥用绿丛遮住半张秀脸,像要昏昏欲睡,一叶轻舟顾影留盼,犹如戚戚自怜,这一刻,时间凝滞,天宇寂寥,仿佛只有心在偷跳,在静美中欢愉。

　　静,很美,美若心尖的轻柔,恰如一朵无重的鹅绒,风起即舞,流止而歇,又似着一袭素衣的芭蕾女,曲始翩跹,谱终谢。静,美在纯真,美在无尘,美在忘我的遐想。

　　我多想能如水一样无忧静思,像桥一般无虑安眠,似舟一样无视外扰,采一片自由的彩云,在天籁般高山流水的梵音中掸落烦忧,在轻烟薄雾的朦胧里弥散情愁。

　　我仔细端详这张照片,似乎又读出了掩映其中的深意:水无澜而微波,桥欲眠而多思,舟自怜而不悲。风大无碧空,水汹无清流,哪会有绝世的田园,岂有隔界之净土。多思而无碍,多虑而无忧,心有千千结,八面来风舟自横。

　　(2017.2.25 星期六)

微信微言 乐山乐水

足印潮白

发源于河北的潮河与白河在牛栏山汇合后，组成了滋润北京城的潮白河大军，浩浩荡荡向渤海进发，如从军的木兰英姿飒爽，但在途经顺义时卸去戎装，变得妩媚漂亮起来。

一里多宽的河道给奔流的河水提供了一处休闲之所，岸边密密匝匝的杨柳似重盔厚甲的武士守立两侧，河畔的芦苇荡如夹道欢迎的人群欢呼雀跃，飘落河心的小岛若待客的童子躬身敬候。

迎春的白雪依依不舍地缱绻南岸，去冬的浮冰恋恋难分地牵手河边，蓝天化作春水静静安睡，河床变为摇篮轻轻悠荡，鸟儿似是哼着"亲爱的宝贝"催眠曲的精灵时隐时现，清风像吟着"春江水暖鸭先知"的小和尚优哉游哉。

一切静如止水，万物安若晴空，我的心也燃化为大漠孤烟，在静谧和安详中裹裹作画。顺着河岸，我缓步溜下，欲踏雪寻春，才走两步便被烙下的印痕警醒，自己只不过是一朵闲云，安能扰了这片净土，于是返身跳回了岸，徒留两个脚印陪伴安然的潮白河。

（2017.2.26 星期日）

心念真经天不欺

俗话说"福无双至，祸不单行"，我刚历险，又不幸手机"湿身"。拍照时一不小心，手机落水，我赶紧捞起来，但电话表面已沾满水珠，而且自动关了机。我只好死马当成活马医，先用纸擦干水迹，再放到太阳光下晒，静待奇迹发生。最让我担心的是，手机里的大量信息，通讯录、备忘录、短信息，还有大量辛苦拍摄的照片，我默默祈祷手机能安然无恙。

两个多小时的漫长等待之后，我试着开机，没想到奇妙的一刻真的出现了，除了指纹锁其他功能都已恢复。我心中大喜，不禁感叹道：

手机落水险归西，
阳光送暖现生机。
福祸相依何所惧，
心念真经天不欺。

（2017.2.27 星期一）

微信微言 乐山乐水

知止行远

　　隋朝大儒王通在他的《止学》中说:"大智知止,小智惟谋,智有穷而道无尽哉。"意思是:大智慧的人知道适可而止,小聪明的人只是不停地谋划,智谋有穷尽的时候,而天道却没有尽头。此话真理也。

　　车无止即翻,人无止则贪。凡事需有度,没了规矩,失了限制,就会如失控的车子,迟早要撞断护栏翻到沟里。老子讲:"五色令人目盲,五音令人耳聋,五味令人口爽。"颜色多了会使人眼盲,声音杂了会让人耳聋,味道浓了会令人丧失辨味能力。无度便会乐极生悲:甜多尿糖;酒多扶墙;色盛肾糠,气盛神伤;功高招谤,位高心忙。

（2017.2.28 星期二）

善恶只问初心 无料结果

"无善无恶心之体,有善有恶意之动,知善知恶是良知,为善为恶是格物。"这四句话高度概括了王阳明心学的精髓,阐明了善恶之源之本之途,也引发了我的一些感想。

善恶同体,好坏相连。雌狮捕斑马,对幼狮来说是善举,而对马宝宝来讲就是恶行;给地铁里的行乞儿童投币,乘客心念行善,工作人员则指责是违规。每个人对好坏的判断尺度是不一样的,对善恶的理解也是不同的,民族英雄在外族看来便是恶魔,放生巴西龟却害苦了当地鳖,所以好坏没绝对,善恶无永恒。

善恶果同效异,同样的结果往往会有不一样的效能。斑马被害,幼狮茁壮成长,马宝宝却成了没妈的草;车厢里的布施可能帮助山区孩子复学,但也许是助长了伸向残害幼童的黑手。所以,好坏相关,难断清浊;善恶只问初心,无料结果。

"为学日益,为道日损",老子无为之语也可以理解为:学习越多,贪欲越少,善念越强。只有在不断睁眼看世界中,辨伪明理,积小善,为大善,忌伪善,沉淀阳明先生所说的知善知恶之良知。

(2017.3.1 星期三)

三宝熬粥

余秋雨说:"能厮守到老的,不只是爱情,还有责任和习惯。"的确,爱情、责任与习惯是执手偕老的三件宝。

爱情如花瓶,给生活增添无限浪漫。插两枝香水百合,满屋就清香四溢,沁人心脾;摆一束红玫瑰,全家便流光溢彩,赏心悦目。然而,鲜花易谢,花瓶易碎,花需要常换常新,瓶需要小心呵护,天长日久,其中塞满的多半是一把永不凋零的干花。

责任像防盗门,将二人世界牢牢守护。一扇门遮住了外面觊觎的目光,围出一片私密空间,也隔绝了夫妻拌嘴的不协音,辟出一块撒欢的小天地。但当责任成为高门深宅时,隔离的便是自由游走的空气,围住的只是诚惶诚恐、疑神疑鬼的眼神。

习惯似餐桌,三餐美味勾住的不仅是胃,还有平淡日子里的心。生活就是锅碗瓢盆叮当响,有时清脆悦耳,更多的时候是一片嘈杂,能够始终同频共振的便是到点围坐一起享用美食。但再可口的饭菜也有吃腻的时候,所以隔三岔五就想出去换换口味。

能厮守到老,三宝不可少,它们犹如鼎立的三足,缺一不可。花瓶虽奢侈,但无它不暖;防盗门虽冰冷,但无它不安;餐桌虽平常,但无它不欢。最美的生活大概就是:关起门来,两人相对桌边,伴着花香,慢慢享用砂锅熬出的小米稀粥。

(2017.3.2 星期四)

家恋熟悉

几天前，我到山东沂蒙山区的一家企业办事，从县城坐车出发，跑了一个小时山路才见到工厂的影子。高低起伏的大山连绵不绝，像是一道铜墙铁壁，将外面的霓虹大厦隔离，曲曲折折的小道似是若隐若现的蛛丝，缠在山腰，光秃秃的山顶凸立着几棵小树，交错纵横的深沟铺满荒草，四层的"办公大楼"墙面斑驳陆离，低矮的宿舍让人产生恍若隔世之感。

"您没有想到要离开这里吗？"我直率地问一位资深厂领导，他三十年前大学毕业分配过来后就没挪过窝，"年轻时凭着要干事的热情不想走，中年时工作忙，家里老婆孩子事多不能走，等现在老了，看着熟悉的地方又不愿走。"他捋捋花白的头发感慨道。

都说故土难离，并非家乡山清水秀，并非故乡美如天堂，只是因为汗水曾浇过青禾绿苗，只是由于欣喜曾掠过白杏红桃，只是源于笑颜曾任子女撒娇。时间就如缓缓流淌的小溪，不知不觉中浸湿了河滩的顽石，将巨岩磨砺成光滑的卵石，小小的石子也便习惯了潺潺水流，啾啾鸟鸣，簌簌叶落，心甘情愿地沉溺于无华的安宁之中。

听了厂长的话，我的眼眶有些湿润，并不是他的经历打动了我，而是话中那份眷恋牵动了我的柔肠。

（2017.3.3 星期五）

头中春彩

　　天津会展中心旁的大公园，其中水面就有一百九十多万平方米，水边布满嶙峋巨石，曲折的甬道绕湖一周，成为人们健身的好去处。

　　今天下午，我边沿着小路溜达，边四处搜寻拍照亮点，希望能像在北京时看到惊艳的春花。但令我大失所望的是没有找到一朵绽放的鲜花，只发现几枝刚刚露头的桃树花蕾，我有些扫兴，不禁感叹道：都是直辖市，差距怎么这么大呢！

　　夕阳渐渐西沉，天空多了些红晕，犹如见到生人的村姑面露羞赧，远处的楼宇镀了一环金边，如坠仙境，形似斗笠的小亭用倒影搅碎了一池春波，近处的芦苇就像坐在小板凳上静静等待放电影的一群孩子，身旁的树梢上几只麻雀叽叽喳喳地叫个不停，大概是在讨论明天去哪里踏青吧。

　　醉在前瞻后顾之时，忽听头顶一阵鸟鸣，紧接着就感觉似有水滴落在头顶，我心知不好，急忙取出餐巾纸擦拭，果然是该死的麻雀用屁股扔下颗水弹。

　　我大感晦气，匆匆返回，边洗头边向老婆做了汇报，"好啊！你这是中了头彩呀！"她反而咯咯地乐出了声，我便顺着她的话说："明天就去买彩票。"

（2017.3.4 星期六）

一生一念

　　六小龄童在自传《行者》中说:"我的人生浓缩起来就是苦练七十二变,笑对八十一难,一生做好一件事,足矣。"这话听起来轻松,做到实属不易。

　　笑容易,笑对人生难。听段郭德纲的相声,我们会捧腹大笑;吃顿鲍鱼龙虾仔,我们会眉开眼笑;游两日桂林山水,我们会一路欢笑。但生活总会有不如意:情场失意,买卖失败,权谋失算,身体失调,工作失业,每天都有愁心事,脚下的路好像比去西天取经还难行。

　　吃苦容易,咬着牙吃苦难。人都是在磨难中长大的:数理化没考好,要等着父母的追问;大会报告没写好,要等着领导责问;股市刷绿赔钱,要等着老婆拷问。磨难的风沙会迷眼呛鼻,咬住后槽牙用泪水冲去沙尘,继续前行,远比唐僧师徒过火焰山、闯女儿国难得多。

　　吃得苦中苦,方能笑上笑。孙悟空修得七十二变,才会逢山开路遇水搭桥,一个筋斗十万八千里。每个人风光背后积攒的不是甘泉,而是泪水滴落的苦涩,勿羡他人显贵,心甘自己受累,只有掌中的老茧不再硌手,方能舞起如意金箍棒。

　　行者无疆而有道,苦练七十二变,才能笑对八十一难,一念一生,一生一念,唯有持之以恒。

　　　　　　　　(2017.3.5 星期日)

爱无汉奸

曾经有人问泰戈尔:世界上什么最伟大? 得到的回答是:爱最伟大。这不由得让我想起钉在汉奸耻辱柱上的汪精卫和陈璧君。

汪精卫早年是个热血革命青年,满腹经纶,口才极佳,又是个英俊潇洒的大美男,富家女陈璧君对其一见倾心。汪暗杀清廷摄政王未果被俘,在狱中写下诗句:"慷慨歌燕市,从容作楚囚。引刀成一快,不负少年头。"奠定了他的崇高威望,也为其日后与蒋介石不合埋下伏笔。

而陈大小姐一心向汪,随其东奔西跑搞刺杀,倾家荡产救情郎,辗转南北干革命,义无反顾做汉奸。汪和蒋早有权力之争,1935年11月国民党四届六中全会上,蒋介石侥幸躲过刺杀,而刺客向汪精卫连开数枪,陈璧君怀疑是蒋指使,不顾蒋介石一手遮天的权势,怒斥道:"蒋先生,你不要汪先生干,汪先生不干就是,何必下此毒手!"足见一女流之辈在丈夫受害时的无畏胆量。

汪精卫罪不容赦,最终被毒身亡,陈璧君后来病死狱中,也是罪有应得,但陈对汪一往情深的爱还是令人唏嘘。爱之所以伟大,应该因为它是人性,而与汉奸无关吧。

(2017.3.6 星期一)

过五不食

"过午不食"是佛陀为出家比丘制定的戒律，因其有许多好处：食欲少，能减低男女爱欲之心；能使身心轻安，让肠胃得到适当休息；易入禅定；有更充裕的时间可修行悟道。现在，"过午不食"又成了减肥者的利器。

老话说："人过三十不学艺，人过四十天过午。"那是因为古时受生活条件和医疗技术的限制，人们的寿命较短，杜甫诗云"酒债寻常行处有，人生七十古来稀"，可见当时四十岁就是人生的中线。而随着科技的进步，卫生医药水平的大幅提高，我国现在男女平均寿命均已超过八十岁，说"人过五十天过午"才更准确。

"过午不食"是不是也适用于五十岁后的人呢？到了知天命的年龄，辛劳让我们懂得了珍惜，坎坷使我们懂得了沉着，帮扶令我们懂得了感恩。索取外物的欲望慢慢变弱，而探求内心宁静的渴望渐渐增强：曾经孜孜以求的功名利禄失去了诱惑，平平安安的生活最踏实；曾经梦寐以求的美女香车失去了魅惑，平平淡淡的日子最真实。身外之物要得少了，不就是"不食"了吗？

"过五不食"，并非不食人间烟火，而是剩菜剩饭舍不得扔的惜物，是不在人前逞强好胜的惜力，是爱人出门时提醒慢开车的惜情。不食的是口福之享，贪吃的是精神之飨，内心的丰盈给灵魂安上了翅膀，在无霾的天宇翱翔。

（2017.3.7 星期二）

微信微言 乐山乐水

81

起床便是晴天

　　"最疼爱我的哥哥前几天出车祸去世了，我就是走不出阴阳相隔的痛苦和悲伤……"昨天晚上，一位网友向我讲起她的遭遇。我不爱聊天，但听到她的不幸，还是尽力想办法进行开导。其中最令我担心的是，她面对不幸"想一死了之"。

　　人生一世，草木一秋。的确，生命都有始有终，就如蜡烛，被点燃的一刻便决定了它泪干成灰的结局。但生命的历程却大相径庭，正像燃亮的烛光，有的璀璨夺目，有的忽明忽暗，有的飘摇不定，有的风过蜡熄。

　　生命的意义并非一定要光耀庙堂，而是要任尔东西南北风，我自岿然温馨如桔灯，照亮自己心房，照亮他人路长，在感动中昂扬向上。感悟别人的善良，发现世界的漂亮，在美的簇拥中柔顺胸膛，你就会流连忘返于春华秋实夏荷冬雪的景致中，就会时时被温暖温情的暖风吹拂，心底便能荡漾起涟漪春光。

　　生命无须惊天动地，一粥一饭就是生活，一颦一笑便是美好，安心好好睡一觉，起床便是晴天。

（2017.3.8 星期三）

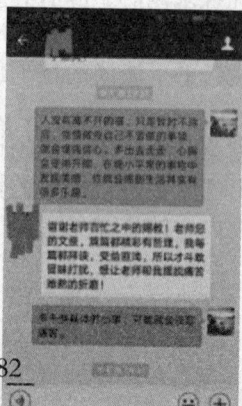

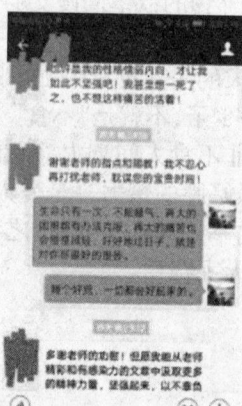

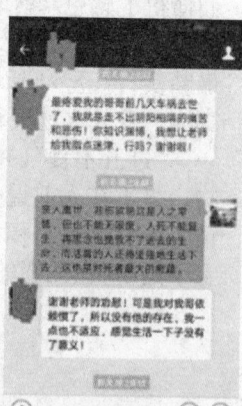

见坏就收免大患

　　人们常说:凡事要见好就收,适可而止,不可太贪。我想更应该见坏就收,免得深陷泥潭不能自拔。

　　许多赌徒不是因为赢了钱而舍不得离开牌桌,而是不甘心输,总想着回本,结果越陷越深;许多瘾君子戒不掉烟,不是由于不知道尼古丁的危害,而是习惯了喷云吐雾的感觉;许多夜猫子不是不懂得熬夜有损健康,而是一拿起手机就被小蓝屏中的精彩施了定身术。

　　见坏而不收是明知不可为还强为的侥幸,是一种病,就如当车的螳螂,以为挥挥纤细的胳膊就能制止住滚滚巨轮,这只不过是自己的一厢情愿罢了,最终会被碾成肉酱。贪赌者眼红,恋烟者肺黑,熬夜者发白,不收手不住足,便像眼见前车追尾,只是空喊"坏了,坏了",而不踩刹车制动,肯定会亲了别人车的后腚。

　　见坏就收是一种懂得止损的智慧。刹车失灵的车子在斜坡上向下溜,司机如果心疼爱车受损而舍不得弃车逃离,最后只会是车毁人亡。剪小枝才能结大柿子,割小瘤才会保住大臂,小损辄止即免大损,小亏就停即免大亏。见坏就收免大患,该收不收铸大难。

(2017.3.9 星期四)

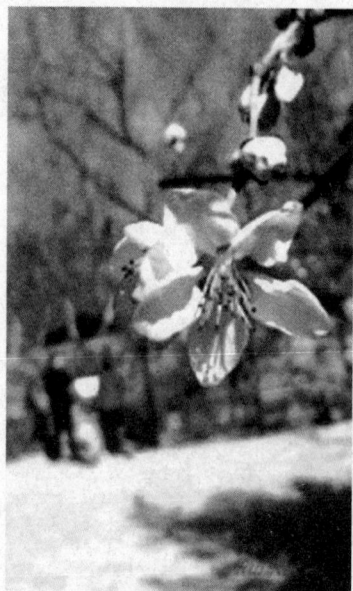

春桃烂漫无穷嫩
勿忘初心一本真

人们常常习惯于顺着阳光欣赏花的正脸,看粉瓣红蕊,望五彩斑斓,我无意中迎着光线瞥见了春花另外的一面。

当灼灼的阳光穿过花朵,薄如蝉翼的粉瓣似乎融化到了空中,只剩下花萼撑开的轮廓,好像给桃花做了个胸片,又恰似一盏盏白纸灯笼挂在树梢,晶莹剔透的美感纯净了我的眼睛。

太阳洞察了花的心思,而我听清了春的低语:春桃烂漫无穷嫩,勿忘初心一本真。

(2017.3.10 星期五)

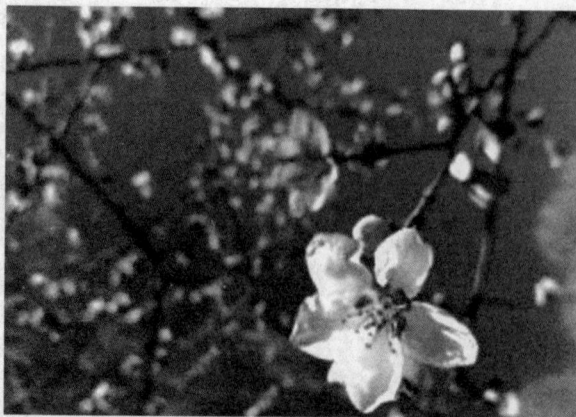

桃花年年容相似 人面岁岁颜不同

　　我以前拍摄时总想尽量避开照人，主要是担心引来纠纷，也为追求画面的纯天然。后来慢慢发现，如果用模糊的人影做点缀，那么整张照片便会鲜活许多，我就开始有意识地让人物走进镜头，或是相依相偎的情侣，或是独坐湖畔的单身，或是结伴健走的人群。仔细端详这些片子，的确有些不一样的感觉，图片似是多了生机，有了活力。

　　没有人的景色只能叫风景，而有了人的行踪便可称为风情。不知是美景吸引了人们的游兴，还是游人给美景增添了柔情，也不知是桃花红了人面，还是人面映了桃红，当人们自然地融入景物之中时，即将风景化为风情。思虑至此，我的心胸豁然开朗，如遁入佛法虚幻的空门。可谓是：

　　　　　人面桃花相映红，风景化情空门中。
　　　　　桃花年年容相似，人面岁岁颜不同。

（2017.3.11 星期六）

六瓣桃花

拍这张照片纯属偶然：黄昏降临，咕咕乱叫的肚子提醒我该回家了，顺着土坡下行时，瞥见一朵孤零零的桃花探身树外，昏暗中的洁白格外引人注目，我便随手将其靓影收入囊中。

在家里整理图片时，我总觉得它哪里有些与众不同，忽然想起桃花应该是五瓣，而它竟多了一瓣。莫非它是变异的"六指"，或者整棵树都特殊？我立马有种回去一探究竟的冲动。

大概是因为到了知天命的年龄，我很快平复了激动的心绪，平静地想：也许这不是桃花，也许是我孤陋寡闻，也许它真的只是为我绽放一次奇异。

我的心中顿时漾起一阵浪漫的温馨，六瓣桃花渐渐融化为圣洁，在邂逅的一瞬变为保佑我万事顺通的女神。

（2017.3.12 星期日）

心态是熨出裤线的心情

有人讲：心情是一种素养。我觉得说"心态是一种素养"可能更准确些。

心情是人们在外界环境影响下的情感状态，好像蒸腾起的水汽，飘到天边便是霞，落到地上就是雾；或欢快明亮，或阴暗低沉；或轻盈似杨絮，或沉重如灌铅。

心态是人们对外部事物的思想反映，就如电闪雷鸣之后的降雨汇聚为河，或波涛汹涌，或微澜不兴；或挟泥裹沙，或清澈可鉴；或急如赛马，或缓若蜗牛。

心情随感而发，常常触景生情；心态随遇而安，往往静如止水。心态是心情冷凝成的水，心情是心态的晴雨表。大喜大悲之后，就会悲喜无惊；大起大落之后，便能上下无扰；大福大祸之后，即可哭笑无虑。心态在心情的风云变幻中，历练成为坐看云蒸霞蔚的素养。

淡定平和的心态犹如辽阔的湖泊，燕子可以投下剪影，春风可以吹皱水面，垂柳可以濯洗发丝，顽皮的孩子可以打个水漂。

心中不起波澜并非没了脾气，而是登过东岳眼无大山的豪气，是将脚印叠成书册的底气，是把心情熨出裤线的大气。

（2017.3.13 星期一）

顺其自然是最好的教育

昨天晚上一位"失联"多年的初中同学通过微信群联络上了我,"记得上学时,你总是沉默寡言,没想到现在你在微信里很能说。""其实我平时还是话很少。"我坦言道。

人们常说:江山易改,禀性难移。的确,性格是与生俱来的,很难改变,即使有变化,也只是表面的性情有所不同,是人们为了适应生存而临时披上的外衣,当人去楼空时,又会恢复本来面目。

我想起一个故事:性格内向的杰克为了生计学会了喜剧表演,在舞台上他使出浑身解数博得观众阵阵喝彩,慢慢成为当地有名的笑星。但每当午夜散场回到家中,他卸掉全身的行头,洗去脸上的油彩,就又回到孤独自闭的状态,抑郁得难以自拔,只好去找心理医生。"看杰克的表演会治愈你的病。"医生建议道,患者听后已泪流满面。

这虽多含编造成分,但从中可以看出人的本性犹如尘封的石刻,一旦露出地面,字迹依然清晰。然而我们的家长在看到孩子的一些"不良习惯"时,总会急切地想方设法予

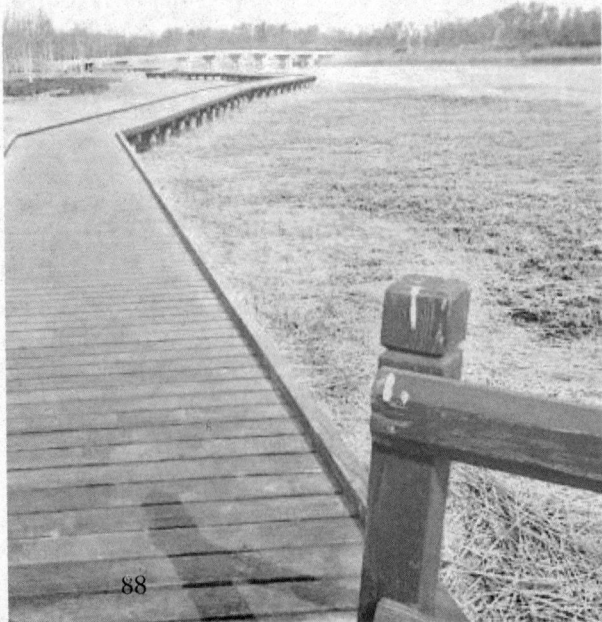

以"纠正"：左撇子被强制用右手拿筷子，羞涩内向的被强行逼着去上台演讲，懦弱畏强的在大人撑腰下要和大孩子叫板。当子女变为自己心中的模样时，家长们便欣慰道：这孩子有出息了。

　　但是殊不知，强扭着的弹簧始终存着反力，一旦没了外界的压力，便会迅速反弹跳得更远。左撇子关键时候下意识中仍会伸出左手，人前张扬的内向者可能会性格扭曲，急于显示强势的弱者可能做出过激行为。

　　上帝为你关上一扇门的时候，必然为你开了另一扇窗。世界是公平的，在一方面的弱，也许就会在另一方面强。水往低处流，人向高处走，孩子总会寻找到自己的长处而将其发扬，强扭的瓜会断，硬拉的弓易折，一切顺其自然可能便是最好的教育。

　　"明天还得早起，早点休息吧。"我跟同学聊了几句便无话了，索性也不去搜肠刮肚寻找话题，互致晚安后熄灯睡觉。

（2017.3.14 星期二）

微信微言　乐山乐水

89

花秀一枝春

　　有朋友说:你拍的桃花大多是一枝或一朵,难道忘了"一花独放不是春,万紫千红春满园"吗?

　　我的确钟情于照单个的花朵,一方面是因为手机的景深和广角有限,拍大的场面效果不是很好,另一方面是由于我喜欢发掘花的个性美。

　　没有两朵雷同的花,仔细观察,你会发现它们:有的落落大方,有的掩面含羞;有的背影婀娜,有的侧看多娇;有的妩媚秀气,有的端庄大气;有的孤芳自赏,有的结伴成双。

　　人面桃花相映红,桃花人面似相同。千姿百态的桃花不正是千差万别的世人写照吗? 有的人外向爱谈,有的人内敛寡言;有的人燕瘦骨感,有的人环肥多憨;有的人计较喜贪,有的人大度无娄;有的人见贵即攀,有的人乐在桃源。

　　千篇一律让人烦,千人一面令人厌。正如处处各不同的鲜花扮靓了春天,人人相异的个体繁荣了社会,我们赞美繁花似锦的同时别忘了赞赏一枝独秀,我们讴歌团结就是力量的时候也别忘记歌颂一名园丁。

　　没有独放的一花,哪来的满园春色? 没有普通的一名保洁,哪会有干净的都市? 见微知著,一花一春天,一人一世界。

(2017.3.15 星期三)

莫愁星前无知己 天下谁人不赞君

"你奏你的凯歌,我做我的莫言",据说这是两会上的一个镜头。大导演陈凯歌与诺贝尔文学奖得主莫言同桌而坐,一个是众星捧月,一个是孑孑一人;一个是眉飞色舞侃侃而谈,一个是凝眉闭目默默无言;一个是春风得意踌躇满志,一个是落寞惆怅眉头紧锁。

沉默是金,莫言为钻。如果整天与文字为伴、和句读为伍的作家一言不发,那他定是要把千言万语凝练为金句,就像安静的火山下面正酝酿着一飞冲天的炽热岩浆一般。

"建议中小学学制从十二年改为十年,实行一贯制,取消小升初考试,让孩子们坐上直通车,在一贯制学校愉快地学习。"这是莫言在今年两会上的提案。

十年树木,百年树人。正是这百年大计令莫言无语的吧,但沉默中的爆发却蕴含着摧枯拉朽的伟力,必会把束缚在孩子身上的绳索震落,必将挤压在父母心头的巨石掀翻。

昔日众目睽睽夺大奖,今朝无人问津偷小憩;敢问百年大计路在何方,莫言无语断愁肠;莫愁星前无知己,天下谁人不赞君。

（2017.3.16 星期四）

鱼欢渔发 欲寡遇佳

诗人北岛有一首题为《生活》的诗歌,全篇只有一个字:"网"。

我们的生活的确如诗人所说,到处充斥着各种网:渔民的日子离不开打鱼晒网,求人办事要有礼尚往来的关系网,开车出门得走四通八达的公路网,放眼世界要靠无所不能的互联网,就连下班后的农民工都举着手机四处搜寻免费的 wifi 网。

但我觉得北岛只说出了生活的表象,它的本质应该是:"望"。父母盼望子女出人头地有本事,孩子希望老人身体健康多顺心;农民望眼欲穿盼甘霖,医生望闻问切妙回春;新娘望穿秋水待夫归,情郎登高望远急立业。

其实各式各样的希望、期望、渴望、盼望、失望、绝望,正如一个个结点,将生活连成了一张无法逃遁的大网,把人们牢牢罩在其中,有人大喜过望,有人大失所望,在欲望的汪洋中沉浮。

网密无大鱼,望盛难大成。密网将鱼子鱼孙一网打尽,湖泊就难觅大鱼;欲望过盛,心急如焚,往往会急功近利,难有大作为。网宽鱼硕,望少为大,不涸泽而渔,勿得陇望蜀,鱼欢渔发,欲寡遇佳。

(2017.3.17 星期五)

斯人已去 对错无判

民国才女林徽因被三个男人的爱紧紧缠绕着:有妇之夫的著名诗人徐志摩,终身不娶的知名哲学家金岳霖,忠贞不渝的建筑大师梁思成。一个是风流倜傥的浪漫才子，一个是远近闻名的学术泰斗，一个是中国建筑历史的宗师。

林大小姐就如陆海空司令一般:天上飘着放荡不羁的诗人,水里潜着咬文嚼字的学究,陆地伴着严谨治学的工程师,她能够安坐中军帐,实属难得。

1931 年 11 月,徐志摩在去北平参加林徽因的演讲途中飞机失事遇难，据说第二天梁思成驾车带金岳霖去了事故现场，并取回一块飞机皮挂在了林的床头。

1955 年,五十一岁的一代奇女子仙逝,七年之后,梁思成娶了比自己小二十七岁的林洙,1972 年在"文革"中含恨离世。金岳霖结识林后终未成家,于 1984 年撒手人寰。

斯人已去,对错无判,概存在皆有理,无须探其真假虚实。可视为真情演绎的浪漫,可看作有违伦理的闹剧,一如蒙尘的古籍,在日光的灼晒中慢慢发黄变脆,禁不起翻折细看,就让其淡化为一缕燃起的檀香烟气,氤氲成袅娜的身姿吧。

（2017.3.18 星期六）

微信微言 乐山乐水

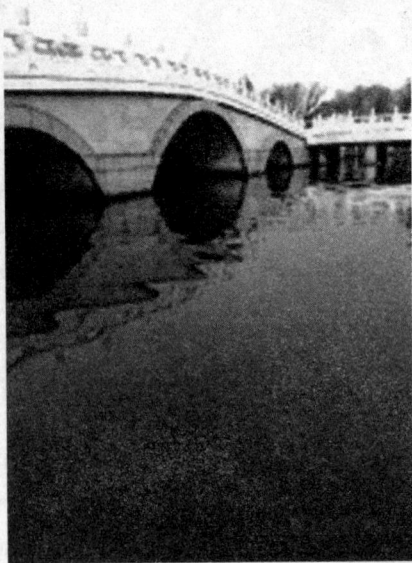

心影映水

我喜欢拍倒影，所以经常往有水的地方跑，或辽阔的湖泊，或蜿蜒的河道，哪怕只是寻得一汪积水。

看蓝天洗净池水，望拱桥搅皱碧波，赏楼宇照镜梳妆，我似乎被阳光蒸起，伴着清风时而穿越涵洞，时而脚点平镜，时而在水面溜冰，心早已化为空无，任由微澜拍击心壁发出细碎的呢喃，任凭变幻的光影在心房间穿梭嬉戏。

我有时会产生错觉，不知是水里的倒影美了我的心田，还是自己的心境化作了魔幻般的身影。我懒得搞清楚，也不想弄明白，有时模糊可能更美，美到你沉沉中含笑进入梦乡，美到你淡淡里体味无极。

我愿化作白云，将笑脸印在湖心，我愿凝为雨滴，把叮咛沉到水底，我愿聚成微风，吹暖春水，催开岸边的柳绿桃红。

（2017.3.19 星期日）

94

别有诗意心暗生 此时无诗胜有诗

有位网友喜欢写诗,然而始终没有大的突破,于是开始纠结是否还要坚持下去,我说:生活可以无诗,但不能没有诗意。

"远方啊,除了遥远,一无所有。"这是影响一代热血青年的诗人海子的悲鸣,他是理智的,是悲观的,世界在他心里投下了失望和挫败的阴影,最终诗人枕着铁轨消失在了远方。

"生活不止眼前的苟且,还有诗和远方的田野。"读着海子的诗成长起来的音乐人高晓松,却唱出了不一样的远方。晓松写的歌总是充满激情与浪漫,好像世界在他眼中始终是阳光灿烂,其实他的生活也到处是"苟且":打群架被抓,醉酒驾被拘,持绿卡被骂。

远方的确可能是一片荒芜,但当你用憧憬的眼光遥望时,就是令人神往的海市蜃楼。无关真实,不用求证,虚无可化作激情,缥缈能转为真切,在向往中会忘却额头的伤,在期盼里迈步走出彷徨。

诗,是李白斗酒后的百篇豪情,是杜甫秋风破茅屋时的一曲悲歌。诗,也是母亲眼中的慈祥,是孩童稚嫩的脸庞;是朝九晚五的忙碌,是推车叫卖的辛苦;是股市涨停时的兴奋,是生意赔本时的忧闷。

写在纸上的是诗,落在心

头的同样是诗,当把挫折看作考验,将摔跤视为锻炼,回响耳畔的就是圆舞曲,跳跃眼前的便是芭蕾,撒落心间的早已是诗情画意,何须刻意用文字去堆砌,别有诗意心暗生,此时无诗胜有诗。

（2017.3.20 星期一）

晖染春花

　　"你一次少发几张照片，省得到处去拍了。"昨天母亲从老家打来电话，就为了提醒我发微信配的图片太多了。

　　春暖花开，我便急切地四处去寻花留影，春光涂红千枝木，靓照惹得蜜蜂妒，我的收获自然满满。如果不把这些倩影分享给朋友，我都感到有愧，所以最近给微信配的照片就多起来，有时能一连发九张。

　　"没关系，我每次出去都会拍好多照片，用不完。"我赶紧给不放心的老人做解释，并接着安慰道："其实，拍照一点也不辛苦，也可以借机出去活动活动。"

　　徜徉花海，我的心便化为一叶扁舟，随着和煦的春风在树丛间穿行，或飘至树巅望桃红席地，或落到荫下赏蕊秀腰肢。我似是学会了移形大法，忽左忽右，忽东忽西，身子比采蜜的飞蜂还忙，心里比新鲜的稠蜜还甜。

　　"你一定要注意安全，尤其是在水边时。"母亲的叮嘱打断了我的思绪，急忙连声说："没事的，您放心。"一抹春晖又给花红添上一层柔光。

　　（2017.3.21 星期二）

岁月未央 我心不伤

　　高晓松说：真正的安全感，是找到自己的精神维度，从而免于灵魂的漂泊。此话有理。

　　安全感并非源于金钱、地位和健康。钱多患盗，"不怕贼偷，就怕贼惦记"的心理，让诸多富豪心生忐忑，买保险柜，装探头，把人民币换成美元存到瑞士，整天惴惴不安；位高患撬，身居高位，白天威风八面，晚上做梦都在嘀咕"张三这小子有僭越之嫌"，整日惶恐不安；身健患老，早跑步，晚遛弯，一周一健身，一月一旅游，但也挡不住皱纹爬额头，直腰变佝偻，整天寝食不安。

　　真正的安全感来自安定的灵魂。不把挣钱当作终极目的，不把权势当成最终目标，不把健身看作不懈追求。钱来不挡，财去不悔；位至不推，卸任无愧；身健不作，体弱不躁。给游船安锚，为游心定神，船泊不怕风浪，心安不惧沧桑。

　　一条锚链即可锁住巨轮，三个维度方能安稳灵魂。上下不攀不比，左右不羡不慕，前后不留不恋，即可心悬而不浮，心稳而不沉，心善而不愚。

　　驻泊的灵魂最美，不恋霞光，不叹夕阳；岁月未央，我心不伤。

（2017.3.22 星期三）

心欢意境生

　　"照风景易,拍意境难",一位资深拍客的这句话给我留下了深刻印象。

　　只要光线充足,空气透明度好,手机像素足够高,捕获一张清晰的照片是很容易的事,但是要想通过图像表达出你的心情、感悟和审美情趣就难了。

　　这张图中:一座跨河长廊横亘两岸,黄瓦红柱飞檐斗拱,犹如《清明上河图》重现;廊桥上的人们,有的凭栏低吟,有的三五私语,好像切切之声能闻;垂柳依依披绿绦,池水幽幽画丹青,仿佛是山水大师现场泼墨之作。

　　整个画面,虽无惊天动地的大场景,也无高瞻远瞩的大手笔,但远近相对,动静相依,枯荣相济,坚柔相融,就有了身临其境之感,充满了欢愉的气氛。

　　究其原因,是因为我喜欢徜徉在山山水水中,流连于花花草草间,在与自然的交流里分享快乐,便把我的愉悦带进镜头。

　　照风景易,易在景致常在;拍意境难,难在心境寡欢。用风景装饰心房,让舒畅涤荡眼眶,手机拍出的便是激情飞扬。

(2017.3.23 星期四)

微信微言　乐山乐水

99

有钱不离道 无钱不失义

常听人讲:有钱,把事做好;没钱,把人做好。对此话我实难苟同。

有钱和没钱很难界定:二十世纪七八十年代,"万元户"会让人们艳羡不已,而现在许多年轻人一个月的收入就过万;农民为二亩麦子能卖一千五百块钱,乐得合不拢嘴,城里人会为每月五千块的房租愁眉不展;父母把定期都取出来,凑十万给孩子买房,子女还嫌少,不够首付,过年给爹妈买几百块钱的衣服,小两口都得琢磨哪件经济实惠。

做人和做事很难分割:没有仗义疏财、敢于担当的小人,侠肝义胆的义士也做不出斤斤计较的小事。为人如何是通过做事体现出来的,做事怎样同样是一个人的品行反映,正如美女照镜,镜子不会挡住脸上的暗斑,遮丑的只有手里的粉扑。

"穷则独善其身,达则兼济天下",孟子在说这句话前,还讲到"士穷不失义,达不离道"。道和义才是为人之本,做事之基,有钱不离道,无钱不失义,做人才能善其身且济天下。

(2017.3.24 星期五)

100

花无情 目光有意

　　都城朝雨浥清尘,路人匆匆伞色新。昨天早上,淅淅沥沥的春雨催急了人们赶班的脚步,我怕堵车,六点多就出了门,一路畅通,提前一个小时到了单位,心里挂念桃花,便信步移进旁边的小花园。

　　细如蛛丝的雨珠贴到脸上,一片清凉,犹如不谙世事的幼童,见到熟悉的人便跌跌撞撞地跑过去抱住一通亲啃。我索性收起雨伞,任由雨丝狂吻我的额头和脖颈,湿润似乎并非冰凉,而是轻烟化雾般弥散着淡淡的欣喜。

　　夜来风雨声,花落知多少。冷雨注定是春花的嫉妒神,润无声的雨滴生生将美女姣好脸庞般的花朵击伤,片片落英恋恋不舍地叠倚在树下,仰望着枝头的同伴凄婉地叮嘱:"君立树梢,我铺泥道,他日牵手,相视一笑。"我的眼睛莫名地有些潮湿。

　　感时花溅泪,只因泪在心扉。老婆回山东照顾岳父又过去月余,虽是老夫老妻,也每天通个电话,但仍时时惦念。花无情,而目光有意,凝望着枝干上带泪的娇颜,我腮边滚落的水珠似也含了盐分。

　　看看上班时间快到,我转身告别常常挂念的桃花,平复心情,准备开始一天的忙碌。

（2017.3.25 星期六）

橄榄树之恋

"如果有来生，要做一棵树，站成永恒，没有悲欢的姿势。一半在尘土里安详，一半在风里飞扬，一半洒落阴凉，一半沐浴阳光。"这是三毛《说给自己听》的诗句。然而，来生只是梦，梦境多是憧憬，梦呓又多是反话。

浪漫洒脱、至情至性的三毛为爱而生、为情所困，她与荷西的那段生死恋，曾令多少在爱中百转千回的人唏嘘不已。当荷西命殒大海之后，三毛的灵魂便似撒哈拉沙漠的海市蜃楼般缥缈虚无。

1989年《在那遥远的地方》新疆，一位年逾古稀的老人王洛宾再次点燃了四十六岁三毛的爱情火焰。"我亲爱的朋友，洛宾：万里迢迢，为了去认识你，这份情不是偶然，是天命……你无法要求我不爱你，在这一点上，我是自由的。"三毛给"西北民歌之父"的第一封情书便融化了代沟和世俗，将"橄榄树"流浪到了中国的撒哈拉。

但世俗不是鸿沟，是桎梏心灵的铁链，王洛宾没能免俗，小心翼翼地疏远了三毛。当她带着那只盛满衣物的手提箱离开"歌王"的小屋时，她的心已注定要在尘土里安详。1991 年 1 月 5 日,离开新疆的第一百二十一天后,饱受事业、爱情与疾病三重困扰的三毛,在台北荣民总医院自缢身亡,英年四十八岁。

三毛,站成了永恒,没有了悲欢的姿势,一半在风中飞扬,一半沐浴阳光。"每想你一次,天上飘落一粒沙,从此形成了撒哈拉。每想你一次,天上就掉下一滴水,于是形成了太平洋。"三毛将爱聚成了无垠的沙漠,把情汇成了无边的大海。

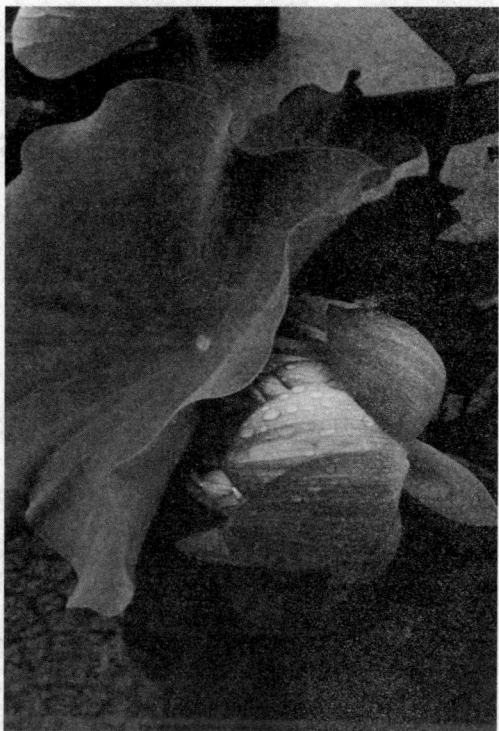

"你曾在橄榄树下等待再等待,我却在遥远的地方徘徊再徘徊,人生本是一场迷藏的梦,且莫对我责怪,为把遗憾赎回来,我也去等待。"这是王洛宾写下的最后一首情歌,1996 年老人溘然长逝。大概是去天堂为三毛弹唱:"掀起你的盖头来""达坂城的姑娘"……

(2017.3.26 星期日)

微信微言　乐山乐水

103

诗人没走　因为华章永在

　　3月26日是诗人海子的祭日，山海关的一段铁轨在二十八年前记录了二十五岁年轻生命最后的一刻，他在春暖花开的季节走向了"大海"。

　　每个人都是天上的一颗星，有人是太阳，让整个星系围着自己不停地转；有人是月亮，借阳光美白了自己的脸；有人是星星，只在夜晚点缀一下天宇的布。而海子是流星，他注定要化为乌有，他仍执意要在漆黑的夜空中璀璨一瞬。

　　他，是一个矛盾的混沌体，酷爱文学却不得不读法律；激情澎湃似火，而头脑冷静如冰；精神上是近乎"狂人"的先知，生活中是近似"白痴"的后觉。他在粉色的浪漫与血色的现实间徘徊，在诗的海洋里欢快畅游，但在坎坷的陆地上举步维艰。

　　"远方除了遥远一无所有，更远的地方，更加孤独，远方的幸福，是多少痛苦。"痛苦源于海子心飞得太高，望见了远方的荒草，却看不清脚下的路。"风后面是风，天空上面是天空，道路前面还是道路。"他急急地看透了疾风骤雨的凄苦，但没能慢慢感悟和风细雨的温存。

　　"我要成为宇宙的孩子，世纪的孩子，挥霍我自己的青春，然后放弃爱情的王位，去做铁石心肠的船长。"他没能成为船老大，而是成了永远不老的大男孩。

　　星光灿烂，少不了恒星、行星、卫星，也少不了彗星。长长的尾巴是它播撒的种子，是栽种在人们心中向阳的嫩苗，春暖时不仅会花开，也同样会草绿，那翠翠的颜色不正是诗人向往的浅蓝吗？

　　哈雷每隔七十六年来探望世人一次，海子每年春天都会回来勾起人们的思念。细细的铁轨怎能承受大海之重，它只不过邀海子到家里做客罢了。诗人没走，因为华章永在。

（2017.3.27 星期一）

玩火必自焚

山东女企业家苏银霞因为企业资金周转不灵，向高利贷借债上百万元，月息10%，截至2016年4月，未能还清所有本息。2016年4月14日，十一个讨债人上门，将苏银霞和儿子于欢禁锢在公司接待室，进行辱骂和侮辱。接警赶来的警察做调解后，就要到外边去调查情况，于欢想跟着出去，但被催债人拦下，混乱之中他从桌子上抓起一把刀，将四人捅伤，其中一个因失血过多死亡。法院最终以故意伤害罪判处于欢无期徒刑。

纵观整个事件过程，我为弱势群体的示强感到悲哀：势单力薄的母子在十一个壮汉面前就像待宰的羔羊，然而手持利刃的孩子忽然间变成了连伤四人的凶神；平民身份的催债人在强大的国家机器前面理应处在下风口，但警察也只对他们说了句"要账可以，不要打人"，让人分不清了猫鼠。

于欢当时持刀伤人已心无法纪，因为他感到被逼到了悬崖边缘；催债人肆无忌惮地"辱母"毫无道德可言，因为他们心中只有白花花的银子。于欢不是不知道行凶的后果，但当失去最后的保护伞时他只有铤而走险；当道德只是人们脸上可有可无的胭脂时，有人便会狞笑着将它抹到屁股上。

不畏法，源于绝望，不知礼，

源于贪婪。困兽犹斗是它没了选择,贪得无厌是因为伸到裙裾下面的"咸猪手"没有被刀剁过。

法不患严,而患不公;德不患简,而患不信。但愿于欢的悲剧能给失德者以棒喝,弱肉未必可强食。

(2017.3.28 星期二)

被等总是很幸福的

"我在 3 号出口等你"，前天晚上老婆从山东回北京，我去火车南站接她，到站后刚发出信息就收到了她的回复："被等总是很幸福的！"

有人等，的确是幸福的。因为远处有一束温情的目光在为你探路，有一颗温柔的心在随着你的步履起伏，有一双温暖的臂膀已热切地张开，等待着相逢的温馨一刻。

等人，又何尝不是幸福。数着倒计的分秒，耳畔仿佛回响起熟悉的脚步，空中似乎弥散开习惯的发香，心扉急切地敞开，准备迎接相见的激情。

等与被等，就如用劈柴煮粥，灶膛里的火越旺，锅中的米游得越欢畅，火苗跳起了广场舞，稀饭唱响了"小苹果"，最终把时间熬成了冒着开心泡的稠粥。

出站的闸门打开，熟悉的身影很快便飘到了身边，"路上累不累"，一句俗得不能再俗的话，在等与被等的相碰中，擦出了幸福的火花。

（2017.3.29 星期三）

微信微言　乐山乐水

复古寻春

相传三月初三是华夏民族始祖黄帝的诞辰，是古人的一个重要节日，称"上巳节"，这一天人们在祭祀祖先的同时，可以水边饮宴、郊外春游、男女交友，就是古代版的"情人节"。可惜，宋代以后礼教渐严，男女私会不被容许，这个节日也日趋没落，最终被人们遗忘，踏青也改在清明进行。

1905 年慈禧太后下诏书废除了以"四书五经"为主要考试内容的科举。1919 年风起云涌的"五四运动"祭出"砸烂孔家店"的大旗，束缚国人千年的儒教思想被撕碎，男女授受不亲成为历史，西方解放的思潮如洪水般涌入，各种洋节粉墨登场，比之国外还盛况空前，现代的人们更是趋之若鹜。

中华文明传承上下五千年，原因就在于不忘本，祖宗崇拜是我们区别于其他文明的重要方面。以前遍布南方的祠堂和北方随处可见的关公庙，里面高高端坐的都是先祖，而不是神化的上帝或佛陀，汉人不拜神而敬祖，造成了我们没有全民宗教，但造就了一脉相承的礼乐文明，形成了兼容并蓄的强大生命力。

文明的延续靠文化的潜移默化，更需要形式上大张旗鼓的宣扬。我盼望着春暖花开的"三月三"，成为万人空巷齐聚田野撒欢的法定大节，人们把盏缅怀列祖列宗，信步赏花戏水，青年男女抛开"陌陌""QQ"，在田间地头尽情欢歌。

（2017.3.30 星期四）

环燕妒兰

"玉环飞燕元相敌,笑比江梅不恨肥",这是明朝画家文徵明描写玉兰花的诗句,赞美其兼具丰腴秾丽和轻盈飘逸之美。环肥燕瘦集于一身,也只有杨玉环和赵飞燕两位美人的名气可以与之匹敌,即使骂过杨玉环是肥婢的梅妃江采萍,看到玉兰花的风姿,也得心服口服,自叹不如。

玉兰花硕而不蠢,娇而不妖,香而不腻,如仙鹤憩枝,似巨荷舞狮,若白玉透日,无桃花之艳,无梅花之寒,无樱花之繁,有君子之谦,有圣人之贤,有大家之范。呜呼,肥环和瘦燕岂可与之比肩!

我最爱玉兰的恬淡,不与五彩桃李斗艳,不和缤纷杏樱争宠,只静静地伫立一隅,绽开纯真笑脸,飘洒一抹淡淡唇香,微风拂过,腰身便悠悠摇曳,如大家闺秀淡妆踏青,千束灿花掩不住她淡雅俏颜,万树绿绦遮不住她婀娜靓影。

玉兰,将玉的温润厚德和兰的高洁典雅汇聚为一身,实乃玉中之兰,兰中之玉,是百花之魁首,万鸟之凤凰,又岂是唐朝后宫一个梅妃能够随意评说的!

白玉薄雕压春枝,兰蔻厚砌引花痴。
玉环飞燕遮羞面,恨肥梅妃笑不拾。

(2017.3.31 星期五)

微信微言 乐山乐水

109

愚人无节

据说愚人节起源于法国。1564 年,法国通过改革确定以阳历的 1 月 1 日为一年之始, 但遭到一些因循守旧的人反对,他们依然按照旧历固执地在 4 月 1 日这一天送礼品,庆祝新年。主张改革的人对这些人的做法大加嘲弄,给他们送假礼品,邀请他们参加假招待会。从此人们在 4 月 1 日便互相愚弄,成为法国流行的风俗。18 世纪初,愚人节习俗传到英国,接着又被英国的早期移民带到了美国。

愚弄或戏弄别人后,人们往往会开心地大笑,但被愚者的反应却大相径庭,有的人如梦方醒般跟着傻笑,有的人幡然醒悟反唇相讥,有的人吃了哑巴亏伺机报复,更有甚者恼羞成怒当场翻脸。所以,开玩笑一定要看清对象,否则愚人不成反被愚,喜剧就可能演绎成悲剧。

愚人节考量的不是智商,而是度量。被整而不恼,被蛊而不怒,实际反映出的是一个人的气度。泰山不缺一石,长江不少一瓢,胸襟豁达的人不会计较吃点小亏,上些小当,锱铢必较的人眼里不揉沙,心中就难以装下瓜。

愚为娱,无娱不愚,笑人与被笑都是笑话,愚人和被愚皆为愚弄;笑笑别人也让别人笑笑,才能皆大欢喜,逗逗别人也得让别人逗逗,方能其乐无穷。只想愚人而不自愚,只会把"愚人节"过成"郁闷节",真正的愚人也便无节。

（2017.4.1 星期六）

泡沫辽阔天空

据说王祖贤在拍《倩女幽魂》时称呼张国荣为"哥哥"，国荣便多了个别称，他的确也对得起这一称呼。他那忧郁的眼神不知令多少影迷癫狂，他那磁性的歌声不知让多少歌迷倾倒，就是生命的最后一瞬也是那么华丽。

2003年4月1日晚上，张国荣让经纪人陈淑芬去接他，她在楼下打电话说到了，随着"我来了"的余音未尽，一道身影便从高空落下，陈淑芬猛然醒悟"哥哥"让她来的目的，赶紧脱下外套罩在国荣的脸上。生命之钟停摆在了四十六岁，而俊俏的面容定格成了永恒。

十四年过去了，时至今日仍然有万千粉丝缅怀他，可能不止是因为"哥哥"不会再老，更由于他演绎的角色宁采臣、程蝶衣、贾宝玉、杨过依然鲜活，他演唱的歌曲《风继续吹》《有谁共鸣》《我》仍然回响耳畔。

"我就是我，是颜色不一样的烟火，天空海阔，要做最坚强的泡沫，我喜欢我，让蔷薇开出一种结果，孤独的沙漠里，一样盛放的赤裸裸。""哥哥"燃成了不一样的烟火，坚强的泡沫使天空辽阔，赤裸的蔷薇将孤独盛放沙漠。

（2017.4.2 星期日）

微信微言 乐山乐水

人间天上总盈春

北方春短,暖风很快便把气温吹到了二十多度,几天前还是草色遥看近却无的偷绿,一进入四月,翠色就开始大大方方地到处张扬。人们也迫不及待地扔掉夹克棉服,争着露胳膊露腿,春色似乎躲进了姑娘的薄裙里,藏到了小伙子的短袖中。

"独自莫凭栏,无限江山,别时容易见时难。流水落花春去也,天上人间。"南唐后主李煜的词句诉说了丢掉皇帝宝座后的凄凉,也写尽春去花落的无奈,这无奈常常转化为人生短暂的慨叹。

韶华易逝,青春难驻,催生出无数惜春叹春的华章,也催化出无限护肤美容尚品。但耕牛犁地千亩拉不住落日一尺,诗人佳作万篇留不下光阴一寸,三层粉脂又岂能遮住岁月在眼角的留痕?

春去夏来,乃是自然之道,何必要勉为其难地硬是挽留渐行渐远的春华? 其实,春天从未逝去,它只是化作了夏的身形, 由温婉变得热烈而已, 正如天真烂漫的孩子,长成了青春勃发的少年郎。

望着意欲转身离去的春季,我们应惜春而不叹春, 恋春而不哀春;用春风擦拭眼眶,掬春色涤洗心房,执春光照亮远方,握春枝书写坚强。大概李煜也会欣欣然诵道:流水落花情更深,人间天上总盈春。

(2017.4.3 星期一)

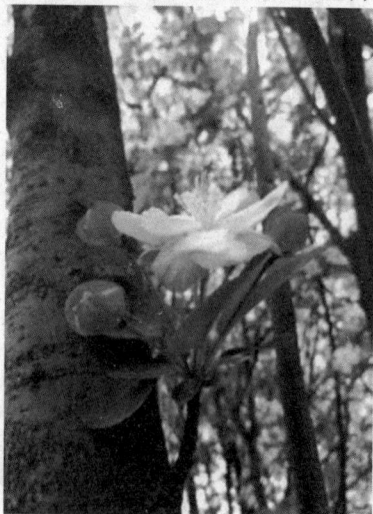

执子之手 与子齐天

　　重症监护室里挤着六张病床，每位病人都是嘴中含着气管、鼻子里插着胃管、下身连着导尿管。下午两点半到三点半和晚上七点至七点半为探视时间，一次只能进一个人，一般是女家属先端盆热水给患者擦身子、洗脚、剪指甲、剃胡须、清理大便、更换消肿用的芒硝包，然后其他亲人再依次进入探望。

　　岳父隔壁床上是位八十九岁的老汉，严重的肺病已耗尽了他身上的脂肪，松弛的皮肤耷拉在干柴般的细腿上。"老头子，你要是想走就摆摆手，我也跟你一块儿走得了。"白发苍苍的老太太每天自己打完点滴再来护理老伴。高烧中老大爷两只眼睛死死盯着天花板，红红的脸上没有丝毫表情，但他的手紧紧抓住老伴不放，"这是不想走呀，行，你在一天我就伺候你一天。"老太太边抹眼泪，边颤巍巍地用热毛巾给老汉擦脸。

　　"春分后十五日气清景明，万物皆显，因此得名清明。"清明节大约始于周代，距今已有两千五百多年的历史，是祭祖和扫墓的日子。人们在坟前燃香焚冥币，寄托对故去亲人的哀思，阴阳相隔自是多有痛楚之色，让人心生悲悯，不忍侧目。

　　而更令人不敢触目的是生离死别，拉着亲人的手，眼睁睁看着

生命之火一点点燃尽。无可奈何中浸透着依依不舍，六神无主里浸泡着惶惶不安，每一刻都在希望与破灭中挣扎，最后泪水洗净了眼泪，麻木习惯了迟钝。

清明时节泪纷纷，榻前亲人欲断魂。当灯捻瞥见油枯，当绝望看到无望，悲痛便忘却了悲痛，空洞便挖空了空洞。生命的尽头是不能承受之痛，又是不得不面对的伤，但弥漫在病房中的不是悲戚，而是亲情化在毛巾上的热气。

执子之手，与子同甘；执子之手，与子共苦；执子之手，与子偕老；执子之手，与子齐天。

（2017.4.4 星期二）

114

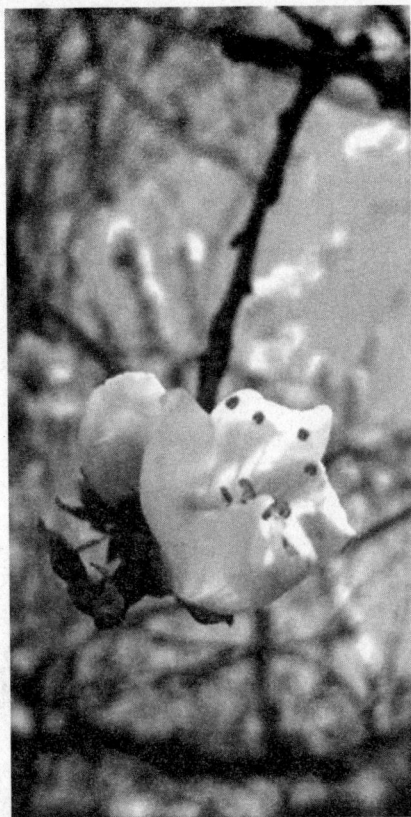

留得闲情多赏花
留住闲心多存真

最美人间四月天,是啊,现在室外到处闪耀着珠光宝气:朵朵梨花似羊脂和田白玉,串串迎春如鸡油黄琥珀,束束丁香若紫罗兰翡翠。人们也像寻宝般蜂拥到公园郊野去寻花踏春,扛着长枪短炮的摄影者自是过年般兴奋忙碌。

昨天在公园的小路上,我看到一名略有谢顶的中年男子在拍照,一棵花树就好似施了淡妆的车模大大方方地任由他留影。"这是桃花还是杏花?"我见他貌似专业拍客,便上前讨教,那人回过头,"我也分不清,只是觉得好看。"他脸上泛起一抹羞赧。

闻听此言,我反而感到一丝羞愧,觉得自己有些浅薄。美,大概有时只是用来欣赏的,无须探究背后的概念。或桃,或杏,都不过是人们分配给它们的编号,何必费尽心机纠缠于此,而迷离了欣赏的眼神!

我向男子道了声谢就悄然离开,并非假意客套,而是在简单的一问一答中,我似是明白了:桃杏不名何必名,真伪难分何须分,无名之花自芳芬,不辨之真终不伪;留得闲情多赏花,留住闲心多存真。

(2017.4.5 星期三)

不言大而无出其右
不盈百而无超其大

　　九十九岁的姥姥昨天下午走了。

　　姥姥走得安详，没有带走一丝愁容。在我的印象里，她老人家从来不会烦恼，慈祥的脸上总是挂着微笑，说得最多的话是"没事儿""好，好"。去年表弟喜得贵子，一家人请老太太起名，她笑呵呵地冒出一句："叫小好吧！""这名字好！"大家一阵喝彩。

　　姥姥走得幸福，没有带走一毫遗憾。老太太儿孙满堂，除了我母亲不在身边，其他亲人整天围着她转。舅舅、妗子、姨轮流接过去伺候，孙子、外甥们也帮着喂饭洗脚逗她开心，老人虽没享荣华富贵，但家和子孝也算功德圆满了。

　　姥姥寿至九九而不满百，就如她给孩子起的名字"小好"一般，不言大而无出其右，不盈百而无超其大。老人家带着安详的微笑，带着幸福的甜蜜，驾鹤翩翩西去，将慈爱仁厚飘洒进四月天。

（2017.4.6 星期四）

灯亮梦巷

有人说
黑是白的梦
我说
白是黑的灯

梦里
可以和过去挥袖
梦里
可以与未来握手

灯下
能够和古人交流
灯下
能够与后人交友

梦很轻
鸿毛飘飘荡舟
灯很重
泰山沉沉眉愁

灯
是学生寒窗外的星斗
是还贷买房者的不休
是借钱人眼中的哀求

梦
是金榜题名时的泣吼
是阖家团圆时的觥筹
是财源滚滚时的狂秀

没有灯
梦想只会是风西马瘦
梦境只能成海市蜃楼
梦幻只可为沙漠沉钩

勿说
白不懂夜的黑
只有阳光
才会揉醒惺忪的眼眸
莫言
灯照不亮梦巷
只有手握电筒
才能天地间神游

(2017.4.7 星期五)

清风不言游人累 只盼春花催夏花

"这张照片怎么样？"今天下午和儿子逛水上公园，在东南角的长廊里我拍到一张比较满意的片子：廊侧的垂柳似翠绿草如茵，长廊的另一头飞檐斗拱、灰瓦红柱，一幅廊里廊外皆为画的美景图。"有点像电视的'画中画'！"儿子的点评让我想起南宋诗人林升的《题临安邸》。

"山外青山楼外楼，西湖歌舞几时休！暖风熏得游人醉，直把杭州作汴州。"这首七言绝句道出了诗人对当时上流社会整日沉迷于歌舞升平、醉生梦死生活的不满与谴责。

我此时的感受与林升迥异，望着粼粼波光，赏着红花碧水，心情格外舒畅，多么希望一年四季都能看到五彩斑斓的鲜花呀。遂仿古人做一顺口溜：廊外红廊画中画，水上美景胜仙家。清风不言游人累，只盼春花催夏花。

（2017.4.8 星期六）

史不笑襄

公元前 638 年，春秋五霸之一的宋襄公率军与楚兵在泓水开战，手下建议攻打正在渡河的敌人，"我们怎能攻击没有排好阵势的对手。"襄公坚决不予采纳。结果强大的楚人布好阵列后，一举大败宋军，襄公也受重伤，于次年一命呜呼。

后人多笑宋襄公迂腐可笑，毛泽东主席也曾评论其是"蠢猪式的仁义"，而我却感到一丝悲凉，想为这位中国的堂吉诃德鸣些不平。

春秋时诸侯国的国君大部分是周天子的亲戚，他们之间的征战更类似见义勇为般的"批评教育"，最多是想当个带头"大哥"，所以交战要守礼法，讲究不刺杀伤员，不抓年龄大的敌兵，宋襄公的阵前守"仁"，也就不难理解了。

与其说当时两国是在打仗，不如看成一出游戏，是贵族间的肌肉秀，一场所谓的大仗只持续半天，也就死伤几十或百十号丁兵。然而进入战国时期，战争便成了无所不用其极的搅肉机，秦将白起长平之战一次就坑杀赵国降军二十万。

春秋之后无"仁战"，不能不说是人类的悲哀。人们为了功业、为了利益，把杀人的谋略奉若神明，将智慧转化为屠戮生命的武器，用双手扼住对方的咽喉置之死地而后快，用红舌舔舐刀尖上同类的最后一滴鲜血。

襄公之败并不可笑，更多的是可爱，可爱之处在于，他把规矩看得比成败还重，把脸面看得比金银还贵。时光的风尘将一代霸主湮没，也将仁义封存在了五指山下。

（2017.4.9 星期日）

微信微言　乐山乐水

古往今来多通鉴 前事不忘后晴天

不久前有泉友匀我一枚"大观通宝折十"钱,器型端庄,轮廓清晰,铸造精美,尤其是宋徽宗御书的四个"瘦金体"大字,遒劲挺拔、力透"铜"背。

我抚币思惜,不禁想到历史上那个倒霉皇帝。徽宗赵佶是位艺术天才,精通诗文,擅长丹青,尤其是书法,独树一帜,空前绝后。然而他重用蔡京、童贯等奸佞,生活穷奢极侈,大肆搜刮民脂民膏,搞得怨声载道,导致方腊、宋江等起义。"靖康之变"中徽宗连同三千宗室家眷被金兵掳到塞外,穿丧服伺候金帝,受尽百般凌辱,五十三岁时客死他乡。

一朝天子最后生不如狗,不知是历史上演的悲剧,还是徽宗自导的闹剧。如果赵佶只是一介平民,或许他的诗文可与李白比肩,他的画作能和吴道子媲美,为中华文明增添更多艺术瑰宝。然而时空长河中没有假设,徽宗终究定格成一条挂在房梁之上的腊肉,泛着油腻,散着腐臭。

把玩着铜钱,我思绪万千。一枚小小的硬币不只是个藏品,更多的是其中凝结着众多历史烟云,这大概就是文物的魅力所在吧。外圆内方展大观,瘦金通宝气非凡;可怜赵佶靖康难,可恨徽宗享欲贪;古往今来多通鉴,前事不忘后晴天。

(2017.4.10 星期一)

120

"食"过境不迁

记得小时候,我最爱吃的是煎腊肉,薄薄的面糊裹着连皮带肥的肉片,在锅里一煎便油酥香脆。我吃的时候都不敢用筷子,只怕这美味不小心掉地上,总是用手拿着细细小口品味,最后再将指尖上的油吮干净。

二十世纪七八十年代的河北满城,很少有人家买得起电冰箱,人们只有过年时才能吃到新鲜猪肉。那时家家养猪,春节前宰杀,剩余的肉便被切成半尺左右的方块,码到大缸里,撒上厚厚的粗盐防腐,慢慢就变成咸腊肉。

我家虽在县城,平时也多吃熬白菜、煮土豆,家里来客人时,母亲才会做炸花生、炒鸡蛋、煎腊肉三样大菜。我常含着口水倚在厨房门口看妈妈做饭,她早已看穿儿子的心思,便夹几粒花生给我解馋,见孩子还不走,就挑一块样子不太好看的腊肉递过来,笑盈盈地说道:"吃完喝点水,别噎着。"我边答应边蹦蹦跳跳地跑出去玩了。

高中毕业后我便离开故乡去外地上学,每次放假回家都嚷嚷着要吃煎腊肉。1990年参加工作后,我走南闯北到了许多地方,也吃过不少"大餐",再回家时母亲仍忙活着做腊肉,但我可能是"见多识广"了,就觉得味同嚼蜡,没了儿时的感觉。

现在已没人在家养猪,也没了咸猪肉,但随着年龄的增大,我越来越容易不自觉地搜寻从前的记忆。那曾让我垂涎欲滴的煎肉已成为过去,然而在思乡时,在梦乡里,仍会有一缕咸香飘进我的眼帘。

(2017.4.11 星期二)

谦虚无邪

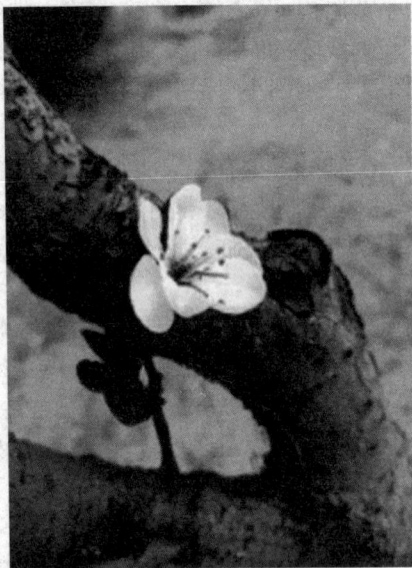

"爸爸,什么是时间?"五岁的女儿问当代著名哲学家周国平,"我也说不清,咱们一起研究好吗?"面对孩子的提问,周教授坦诚地回答。

在父女的对话中,我看到了童真和谦逊,这是人们应该特别珍视的高贵品质。正如双眼,我们通过它们观察到他人的世界,别人透过它们窥见我们的内心。

孩子是天真的,他们对未知的缤纷环境充满好奇,就像一张白纸任由画笔添彩,投下蝴蝶蹁跹舞姿,抹上茉莉清甜芳香,映照千山挺拔身形,婆娑万水旖旎风光,大自然把童真染成了绿色。

然而,随着年龄的增长,孩子被迫去读书、去弹钢琴、去下围棋、去练舞蹈、去学 ABC,脸上的稚气被无奈掩盖。十年寒窗换来一份糊口的工作,任务的压力、竞争的压抑、升迁的压制,就如压路机般将曾经的烂漫碾成齑粉。

又一个十年的打拼之后,大部分人事业有成,或是位高权重,或是生意兴隆,或是声名鹊起,踌躇满志、春风得意之色溢于言表,便会一言九鼎,便能一掷千金,便想一鸣惊人,难听人劝,难纳谏言，一派老子天下第一的豪迈。

水满则溢，人满则廒。当水忘乎所以地蒸腾时，就会在狂热的欲望中化为乌有；当人得意忘形地折腾时，将会在狂躁的贪婪里变为烂泥。止水的只有阀门，止损的唯有谦虚。

满招损，谦受益，时乃天道。位重经不起败露，财富禁不住败家，名盛挡不了败坏；只有嗫嚅然如寒蝉，兢兢然若履冰，诺诺然像菜鸟，才会虚怀若谷纳忠言，巍巍然立于不败。

我想周国平之所以能成功成名，大概正是源于他的谦恭。不图虚名，不贪暴富，不慕权贵，始终像小孩子般透过明澈的眼眸探寻着"十万个为什么"吧。

（2017.4.12 星期三）

微信微言 乐山乐水

123

众人避絮穷千法
半翁痴醉心不瞎

"春城无处不飞花，寒食东风御柳斜"，唐代诗人韩翃的诗句描绘出暮春时节的长安城里，漫天飞舞着杨花，寒食节的东风吹斜了宫中柳树。

古人眼中的杨花柳絮富有诗意，但现代人避之唯恐不及，细心的大妈将家中的门户关严，粗粗拉拉的小伙子落下车窗时也小心翼翼，斜挎坤包的姑娘举一只纤纤玉手不停地在眼前轻扇。

而我这年近半百的老头，却独有一股陶醉感，如放学的孩子撒欢般追逐飘飞的杨絮。草坪上像是铺了白床单，树坑里柏丛间似堆了积雪，地上的野草让"白云"覆盖，只露出枝枝盛开的紫花，就如出嫁的新娘裹一袭素雅的婚纱，盈满笑靥的脸颊在春风中绽放阳光。

我望着飞舞的杨花，赏着四月的"雪景"，想着韩翃的诗句，不禁编出两句顺口溜：京城无处不飞花，落云飘雪胜仙家；众人避絮穷千法，半翁痴醉心不瞎。

（2017.4.13 星期四）

图尚实 文崇真

　　我特别喜欢这张照片，杨花铺陈出的"皑皑白雪"中，一枝黄花拔地而起，它的上方一束红色碧桃花在绿树掩映里俯身下探，似两个相守的恋人：一个在天上俯瞰，一个在地下仰望；一位苦苦期盼，一位痴痴等待。

　　好的照片不只是忠实地记录，更多的是要表达情感，通过镜头可以窥见拍摄者的心境。正如文章不是词汇的简单堆砌一样，透过"的地得"的表述能够悟出作者的感情脉络，似喝无色无味的白开水，口舌寡淡，然而能润喉嗓，可养心田，让人荡气回肠，如饮甘露。

　　现在爱好摄影者甚众，扛着"大炮"背着单反的人潮淹没了花海；喜欢舞文弄墨的也大有人在，所谓"写诗的比看诗的还多"。但好的图片甚少，上乘美文甚寡，究其原因，大概是由于失了本真，醉心于装备，钟情于辞藻，将拍照演变成炫酷，把文章演绎为炫技，最终浪费了铜版纸，耗费了读者心。

　　失真不仅会让图片失色，叫文字失信，更可怕的是让初学摄影的人没了希望，叫对文学充满憧憬的人丢了渴望。图尚实，文崇真，美颜能遮丑，东施不用效颦也貌似西施，粘贴可速文，一夜之间就能拼出万字长篇。但速冻的饺子不能常吃，去皱的娇颜不可细看，复制的文章不会动心。唯真唯实，才会在灿灿光影中透出实感，在娓娓笔触里流出真情。

　　我仔细欣赏着红黄花朵相望的图片，好似看到了恋人那渴望聚首依偎的眼神，不由得默默地祈盼：愿美图迷眼，愿美文醉心。

　　　　　　　　　　　　　　　　（2017.4.14 星期五）

凡而不俗

　　"这海棠花真香呀！"昨天傍晚我和老婆在楼下散步，小区主干路两侧栽了两排海棠，望着满树的粉嫩花朵，她凑过去深吸一口气，陶醉般地说道。

　　一阵微风袭来，天上下起了花瓣雪，片片落英若婀娜的仙女，袅袅娜娜地曼舞，也将馨香弥散到空中，似是要远行的游子把一丝眷恋留在身后。"雪花"无声无息地飘落，仿佛怕惊扰了树上的同伴，它们静静地安坐在地上，给灰暗的砖石地面涂上粉妆，淡然地慢慢走向化泥的归宿，没有忧伤，没有抱怨，站在枝头毫无傲慢，毫无张狂。

　　海棠自古以来是雅俗共赏的名花，素有"花中神仙""花贵妃"之称，在皇家园林中常与玉兰、牡丹、桂花相配种植，形成"玉棠富贵"的意境。海棠的花形虽无玉兰硕大，颜色没有牡丹艳丽，香气不如桂花馥郁，但它在素净中透着典雅，在拙朴里暗含优雅，在幽香中彰显淡雅。不求奢华，不事张扬，不图虚名，这不正是花中谦谦君子吗？

　　"很有风骨之气。"我的思绪还在漂移，附和老婆的话便有些风马牛不相及了，她似乎也明白了我的心思，忙拉起我的手绕开遍地的非凡之物，悄然离开。

（2017.4.15 星期六）

三无不凡

六十四岁的台湾著名作家林清玄曾说："人最难做到的是平凡。"我觉得此话有理。

我们都怀揣梦想，有个或远或近的期盼。有的是一份钱多不累的体面工作，有的是温馨无忧的美满家庭，有的是位高权重的社会地位，有的是声名显赫的荣誉光环，有的是富可敌国的资产家业。人们的想法千差万别、高低各异，但都无可厚非，没有好坏之分，没有优劣之别。

然而有人却是，买张两元的彩票就希望一夜暴富中五百万大奖，刚干三天办事员就盼望一步登天当部长，赢了六盘陆战棋便渴望一鸣惊人成棋圣。梦无错，错的是把梦境当成现实，将虚幻看作真实，想让明天的阳光晒干今天的纸尿裤。

梦想超越视线便是魔幻，甚至成了魔怔，梦想贴近地面才会是提神醒脑的咖啡、风油精，才会在平凡中开创非凡。平凡并非平常，而是有骡子不使马的敬业，是够不到葡萄不说酸的坦荡，是兵败不肯过江东的豪迈。

无悔、无怨、无忧才是平凡的真谛。无悔方能放下过去的牵绊轻松前行，无怨才会心如止水冷静辨识前路，无忧就能满怀信心勇往直前。做到"三无"谈何容易，难怪林老爷子将平凡说得如此之难。

(2017.4.16 星期日)

百尺竿头勿进步

昨天几个朋友聊天时，老张说他小孙子最近考了个全班第一，小赵忙祝孩子"百尺竿头更进一步"，我跟了句煞风景的话："百尺竿头要再进一步，不就掉下来了。"众人一时语塞。

我的话虽不合时宜，但也不无道理。人们常用"没有最好只有更好"来勉励大家不要懈怠，应永无止境地积极进取，然而此斗志可赞叹有加，彼心态却不能长此以往。

烦恼源于不知足，挣了五千想十万，买了宝来盼宝马，住上三居望别墅，当上处长梦部长，家有娇妻窥小三，穿上棉服羡皮草。沟壑易平，欲壑难填；痴心易改，贪心难足。

当欲望的火焰被点着时，便能骤然膨胀到每根血管、每个细胞，心跳加快，眼睛充红，食不甘味，夜不安睡，整个人就如嗞嗞作响随时可能爆炸的手雷一般。一旦遇到不顺心不如意，没能达到预想的目标，就会像扎了胎的车轮偏瘫一侧，失望、抱怨、懊悔充斥头脑，甚至绝望、暴躁、偏激、令人疯狂。

追求完美、追逐更高只可做冲锋的号角，绝不能成为驱赶向前的皮鞭，否则可能会鼓一时之勇，而最终落得体无完肤、皮开肉绽。红到深时便为紫，瓜至熟透就成泥，没有最好，何必赶鸭子上架求更好！

我见老张面露不悦，赶紧给自己打圆场，"我的意思是别累着孩子，不如说成百尺竹竿，独占上头。"大家这才哈哈一笑转了话题。

（2017.4.17 星期一）

靓花哄人

"你教教我怎么用微信发照片吧！"上次回河北满城老家时，父亲如小学生似的向我讨教，我看着年近八十的老爷子一副认真的样子，不禁好奇地问他何用，老爸竟神秘地笑笑没有作答。

"你看到我给你发的照片了吗？"昨天父亲在电话里兴奋地问道，我赶紧打开微信，原来是十多张牡丹图片。几十枝牡丹花竞相开放，大如茶盘，色似彤云，就像孩子的笑脸般绽放着灿烂，艳丽的花朵伴着翠绿的枝叶将家中院子装扮得富丽堂皇。

父亲喜欢养花，不足六十平方米的小院里栽满了牡丹、月季、菊花、鸡冠花、滴水观音。他每天忙着浇水施肥，将盆栽的搬进搬出，初春时修剪枝条，入冬后加盖防护，就像幼儿园的阿姨仔细呵护着孩子一样，怕他们磕着，担心他们碰着。

漂亮的花会哄人，父亲在闲暇时经常搬个板凳静静地欣赏自己的杰作。或红或黄或白的花朵似是轮流在给他讲故事，老爷子便仔细地听着，娓娓道来的花语抚平了他额头的皱纹。

"好漂亮，您真厉害！"我一边语气夸张地称赞着老爸，一边搜寻着赞美牡丹的诗句，忽然想到宋代邵雍的"须是牡丹花盛发，满城方始乐无涯"，这句话大概最能体现我此时的感受了。我家的小院真是花的乐园，也更是父亲开心的乐土呀。

（2017.4.18 星期二）

微信微言　乐山乐水

129

泪过留痕心不伤

常听人说"泪过无痕"，大概是形容经历艰难困苦后仍意志坚定的意思吧。

泪过岂能无痕？且不说泪珠滚落时一路留下的咸滋味和淡淡泛白的泪辙，就是或大悲或大喜之后的心绪也是久久难以平复。

悲痛欲绝时当以泪洗面：高考一分落败，新店百日关门；亲人撒手人寰，恋人绝尘而去；股票叠绿腰斩，赌场连赔掉腔。每一样都让人撕心裂肺般痛苦不堪，自然而然便会痛哭流涕。

高兴过头同样会泪如泉涌：久婚不育的夫妇喜得贵子，车祸中的亲人奇迹般生还，野山迷路三天后望见救援的手电光，夫妻破镜重圆和好如初。每一种情况都令人欣喜若狂，兴奋的泪就会夺眶而出。

据说伤心的泪和开心的泪成分不同，但在心中撞出的巨响皆会绕梁三日而不绝，在头脑里镂刻出的影像全能梦萦三月而不断。

泪过留痕心不伤，大概才是流泪的最佳结局吧。无论悲从中来，还是喜极而泣，或是悲喜交加，但愿那晶莹的水珠带走溢出的情愫，涤净蒙尘的心境，擦亮迷离的眼眸。

（2017.4.19 星期三）

心漫无碍

成语"漫无目的"是指水满溢出后四处横流，形容放纵散漫没有目标。属中性词，略带贬义，与"无所事事"相近。

而我独独喜欢这个词的感觉，它有一种让人浑身放松，令人心旷神怡的意境，仿佛踱出尘世，步入茫茫草原，分不清东西，辨不明南北，随意奔往哪个方向，都是遍地花香，到处草绿。

现实中我们的一切行为好似都得有目的，学生苦读是为了能上名牌大学将来有份好工作，姑娘精心打扮注重仪表盼着嫁个高富帅，投资入股只图年底能够多分红，记着领导的生日多半是仕途所需，就是朋友相约晚上吃烧烤，心里也嘀咕一声："这小子是不是有事求我。"

目的明确使得我们两点之间总是取直线，力争用最短的时间、最小的代价获取最大收益。一个目标实现了，还没来得及尽情欢愉，又会有更大更多的期盼冲到眼前，再开始精心设计路径，煞费苦心地一步步进行权谋。

人们好像在爬连绵不绝的大山，登上一座山头，发现前面还有更高的，忘了擦把汗就直奔下一个山峰。路边的花开得正艳，我们

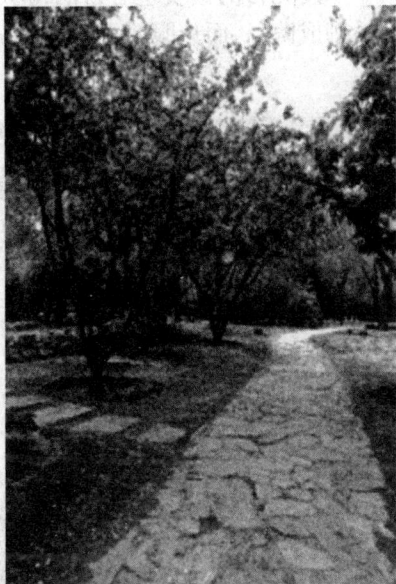

微信微言 乐山乐水

131

▌微信微言 乐山乐水

视而不见，天上的云多姿多彩，我们无暇顾及，最后在起伏跌宕中身心俱疲，这才感悟到，原来所谓的目标都是压在心头的大山。

有时没有目标的事更有意义，闲翻几页画册打发一寸光阴，呆看云卷云舒放逐一米心情，投给乞丐两枚硬币拉出一丝悲悯，提醒路人钥匙掉了抛撒一把爱心。没有明确的目的，没有直白的诉求，没有利己的图谋，而最终的收益却如春雨润苗般潜移默化。

漫无目的其实也有目的，就是在不经意间惠己利人，在无心中插柳成荫，从而让眼明无翳，令梦甜无呓，叫心漫无碍。

（2017.4.20 周四）

花无百日红
心有四季春

"春天在哪里呀,春天在哪里,春天在那青翠的山林里,这里有红花呀这里有绿草,还有那会唱歌的小黄鹂。"这首耳熟能详的《春天在哪里》儿歌活泼欢畅,陪伴着一代又一代的孩子长大成人。

然而,日渐成熟的少年郎却慢慢远离了那欢快跳跃的旋律,找不见了有红花有绿草的春天。

"小王,周六咱们一块去植物园踏青吧。"同事的建议还没说完,王二小急切的回绝便堵了过来:"不行,周末我得去见客户,没准儿能签个大单!"

"忙"成了我们爽约最多的理由,忙着增进跟上级的感情,忙着拉近与朋友的距离,忙于看大盘分析 K 线走势,忙于打听楼市动向把握抛投时机。我们如高速旋转的陀螺,紧紧围绕着利益的轴线不停地忙碌,磨破嘴跑断腿仍乐此不疲。

但我们却闲置了曾经的烂漫,熟悉的歌谣变得缥缈。"时间过得真快,春天就要过去了。"小王手里攥着五百万的合同,眼中凋零的桃花牵出一声叹息,"好花不常开,好景不常在",邓丽君幽怨的曲调便成了他把酒伤怀时的伴奏。

其实春天从未远去,桃花败了梨花开,海棠飘英牡丹绽放,芍药落罢月季争艳,只要你有时间,花便等你,总有一束红,一枝白,一抹黄,在树梢、在灌丛、在河边、在塘畔守候着你,你心不老,花颜不改。

"春天在哪里呀,春天在哪里,春天在那小朋友的眼睛里,看见红的花呀,看见绿的草",春天更应该在大朋友的眼睛里,让春风吹亮双眸,看透权势背后的险恶,看穿金钱包裹着的腐臭,看开名誉携卷着的虚无。花无百日红,心有四季春,你若有闲,春天就不会走远。

(2017.4.21 星期五)

微信微言 乐山乐水

133

厚德载稻

　　台湾省台东县池上乡的大米久负盛名，由于纯天然口感好而备受追捧，当地的百姓也因此生活富足，然而那里穿行田野的大道上见不到一盏路灯。"如果有灯，稻米晚上就得不到休息，虽然长得快，但大米的品质会变得差些。"村民向游客解释了个中缘由。

　　原来大米也要睡觉！而我们许多人却恨不得二十四小时都能睁着眼挣钱，各种乱象也便滋生蔓延，急功近利者有之，弄虚作假者有之，涸泽而渔者亦有之。苏丹红染漂亮了鸡蛋黄，瘦肉精帮小猪仔减了肥，三聚氰胺让奶农能够四两拨千斤，人们在见识化学新名词的同时也在医院增长了许多药品知识。

　　当病入膏肓的患者抱着起早贪黑赚来的纸币买不到一夜安眠时，他可能特羡慕黑夜中沉睡的稻谷，那样安详静谧，那样浑然天成，那样甜美幸福。曾经日进斗金的兴奋变得颓然，曾经不醉不休的豪迈泄了底气，曾经的颐指气使方觉滑稽可笑。也许这时的他只有悔恨，悔不该拔苗助长去伤根，悔不该火中取栗头脑昏，悔不该螳臂当车乱较真。

　　流星璀璨只有一瞬，稻米飘香贵在一茬，池上大米走红不仅源于得天独厚的自然环境，更是由于当地淳朴的民风，得益于顺应天道的农民。天行健，香米以日落而息；地势坤，池上以厚德载稻。

（2017.4.22 星期六）

空山人语响 明月泉上流

　　王维是和李白、杜甫齐名的唐代大诗人，并在年轻时即皈依佛门。生前人们就赞其是"当代诗匠，又精禅上理"，死后得到"诗佛"的称号。"空山不见人，但闻人语响""明月松间照，清泉石上流""行到水穷处，坐看云起时"，这些诗句无不充满空灵之美。

　　然而，"安史之乱"中王维被俘，迫于压力做了"叛军"的伪官。唐王朝光复后将其下狱，在他弟弟拼死力保下才得以生还，王维自此退隐山林，远离了富丽堂皇的宫殿，也疏远了佳言锦句。

　　功名利禄就像试金石，会探测出人们心中私掩着的龌龊；生死抉择犹如照妖镜，会洞穿人们脸上光鲜亮丽的画皮。参禅打坐并未改变王维贪生怕死的本性，大彻大悟的佛祖也未能修正其贪念富贵的心性，看来，释迦牟尼的佛法并非万能。

　　真正的修行不是每日口诵"阿弥陀佛"，真正的觉悟不是每时手拿转经筒，而是感天地万物之恩，念亲人朋友之善，举爱己及人之仁，行临危不惧之义。

　　以王维的聪慧，如果不是春风得意马蹄疾，秋风萧瑟寒鸦栖的话，他定会给后世留下更多锦绣佳句。大概就会：空山人语响，明月泉上流，山水无穷处，云起照汗青。

　　　　　　　　　　　　（2017.4.23 星期日）

微信微言　乐山乐水

七颜八色

　　人们常用"五颜六色"来形容颜色的复杂多样，我昨天在听台湾画家蒋勋的演讲录音时才知道，人的眼睛可以区分上千种色彩，单是白就有几百个：灰白、乳白、米白、象牙白、珍珠白、纳瓦白、银白、幽灵白、花白、烟白、雪白、奶油白、青白……

　　2014年10月，蒋勋来到位于台东的池上乡写生，他每天漫步田野，整日畅游山川，感受节气，分辨谷蔬、看云观岚，竟差点忘了画画。画家在乡下破旧的教室里一待便是五百多天，吸引他的不仅有旖旎的自然风光，也有淳朴的民风民俗，更有激发他创作的灵感。一年半后返城时，蒋勋不仅收获了厚厚的画卷，还有一本启迪心智的新书《池上日记》。

　　"开灯为昼，关灯是夜"的都市生活，让我们四体不勤五谷不分，不仅远离了地气，而且视觉、味觉、触觉似都在慢慢退化，食无甘味，夜无安寐，身心疲惫。

　　天地无言，风雷作语，大自然才是人类认知世界认识自身的最好老师。四季轮回让我们感受寒暑，五谷丰登使我们感恩上苍，六畜兴旺令我们感念慈悲。如果把大地比作教室，那么蓝天就是黑板，鸟语花香便是谆谆教诲，在泥土的气息中我们的心会化为一缕清风。

　　上百种的白色是池上赋予蒋勋的恩赐，恬淡悠闲的田园生活赠予他如诗的画面。而我们可能得整日在钢筋水泥中奔波，但吃早点时别忘了看一看身旁的翠柳，下班途中抬头望一望半空的晚霞，眼中的五颜六色大概就会增加一些，变为"七颜八色"了吧。

（2017.4.24 星期一）

山高天近 心高烦远

德国哲学家康德说"美是一种无目的的快乐",我总感觉他的话有局限,好像缺少什么前提条件。

美好的事物总会令人的感官愉悦,大快朵颐可满足口福之享,云蒸霞蔚能大饱眼福,惊涛拍岸如聆听交响乐,耳鬓厮磨让恋人沉溺肌肤之亲。但无论是听到的,还是看到的,或是闻到触到的,都最终要汇聚到大脑,在心中荡起涟漪。

而我们的心海却少起波澜,因为有太多的杂草充斥其间。惦着考第一名,想着升一级职,盼着发一笔财,念着攀一贵人,各种希望、期望、盼望、渴望像一条条毛糙的绳索般缚住心的手脚,一个个愿望就似一块块烦人的巨石压在胸口,哪还有闲心观景赏音。

山高天近,心高烦远。当加官晋级的目标模糊了,视觉便会更清亮;当金钱的铜臭淡了,嗅觉会更灵敏;当名声的诱惑轻了,触觉会更敏感。目的少了,心头的负担便轻了,心情便可如放飞的彩色气球,在高空中任性地飘游。

志存高远,不慕功利,才会耳聪目明心生闲,花才会开得更艳丽,鸟才会叫得更婉转,风才会吹拂得更轻柔,天地才会有大美,康德的话也才会成真。

(2017.4.25 星期二)

酒不醉人人醉人

郑板桥说：酒能养性，仙家饮之。酒能乱性，佛家戒之。我则有酒学仙，无酒就学佛。

他大概是在给自己喜欢喝酒找理由，或者给生活窘迫时无酒可喝寻借口，但从中我们都能看出画家的豁达与从容。

酒，不仅能舒筋活血、抵御风寒，还有解愁宽心之效，正如曹操所言"何以解忧？唯有杜康"，同时也可激发词人才子的灵感，像李白便是"斗酒诗百篇"。

酒，有时又似洪水猛兽，不仅伤胃坏肝，而且酒后易失言失相失德。佛教创立之初并无酒戒，一次沙伽陀长老喝多了，吐得满地皆是，癞蛤蟆都去舔他的嘴，佛祖训诫说："从此以后禁止我的弟子饮酒！"

1981年美国总统里根遇刺，差点身亡，事后他讲了句名言："枪不杀人人杀人。"同样，酒不醉人人醉人，可能是经不住他人或善意或恶搞的劝解而烂醉如泥，也可能是自己借酒浇愁愁更愁而人事不省，美酒不言下自成泥。

难怪集诗书画之大成的郑燮以"难得糊涂"自居。有酒快活畅饮似神仙，无酒开心修行若佛陀，板桥沾酒不自责，不饮无自卑，真正的是揣着明白装糊涂呀。

（2017.4.26 星期三）

洪福齐天天有妒 安享清福福无边

据传,北宋宰相吕蒙正为劝诫太子,曾写就《破窑赋》,其中一个版本说道:"人生在世,富贵不可尽用,贫贱不可自欺,听由天地循环,周而复始焉。"

这和我们常说的"没有吃不了的苦,只有享不了的福"有异曲同工之处。吃苦往往越嚼越甜,而腻人的蜜糖常常会滋生出酸腐之气。

一个地主婆跟丈夫经常吵架,她特羡慕隔壁磨豆腐的小夫妻,"你看人家虽穷,可整天欢声笑语。"地主听她这么说后,便拿了块金锭抛到邻居家,做豆腐的两口子发了横财,开始每天琢磨把金子藏在哪儿安全,天天坐等着掉第二块金子,豆腐无心做了,脸上的笑也没了。

一夜暴富三年返贫的例子在拆迁安置户中比比皆是;一举成名后,丈夫拈花惹草,妻子红杏出墙的在演艺圈屡见不鲜;富家子飙车撒泼而身首异处的时有耳闻;贪得无厌而银铛入狱的"公仆"更是层出不穷。

鱼食多则涨毙,猫吃多会拉稀,人富快就心难安。唾手可得的财宝将勾引出食人的恶兽,它鲜红的口舌会把人们暗藏着的贪婪舔舐得蠢蠢欲动,多多益善的渴望如点燃的干柴,灼烧着心中的热血,最终将其烧干烤焦。

富贵不可尽用慢慢享,贫贱不可自欺渐渐强,洪福齐天天有妒,安享清福福无边,吕丞相告诫太子的话应该对平民百姓同样有振聋发聩之效吧。

(2017.4.27 星期四)

清而无恨
欢而无悔

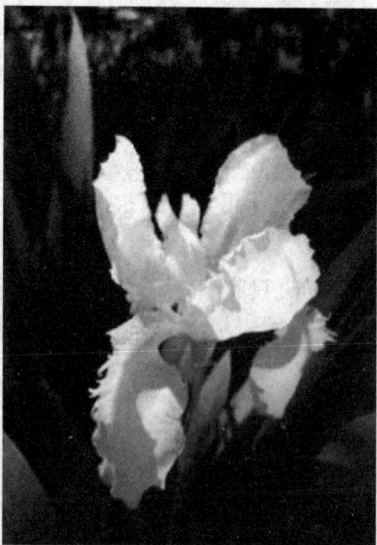

　　"人间有味是清欢",苏东坡所作《浣溪沙·细雨斜风作晓寒》的最后一句话,道出了诗人对人生的感悟:人间真正有味道的还是清淡的欢愉。

　　北宋嘉祐元年,二十一岁的苏轼第一次参加朝廷的科举考试便高中进士第二名,一时名声大噪,可谓少年得志。然而他接连遭遇母亲病故、父亲离世的不幸,又被改革派王安石打压,再因"乌台诗案"入狱,陷入被砍头的境地。东坡后来几起几落,或进京重用或离京遭贬,历经沧桑巨变。

　　大概是跌宕起伏的经历让苏轼对人生的认识更加深刻吧:春风得意时正含危机四伏之虞,秋雨萧瑟时可享闲庭信步之欢;既有"又恐琼楼玉宇,高处不胜寒"的悲凉,也有"笑渐不闻声渐悄,多情却被无情恼"的悠闲。

　　萝卜寡味而百搭,和猪五花一起炖就似肥肉,与青菜一块儿煮便像豆腐,非其善变,而是由于萝卜不和肉争香、不与菜夺鲜也。在风口浪尖中守一份淡泊,于平淡无奇间留一梦高远。

　　苏东坡在悲欢离合的大喜大悲中细品人世的百般滋味,用唯美的诗词写尽心头感悟,也让千百年后的今人咀嚼到先人的甘苦:人间有味是清欢,唯其清而无恨,唯其欢而无悔。

（2017.4.28 星期五）

失意勿忘形

　　"人生得意须尽欢，莫使金樽空对月；天生我材必有用，千金散尽还复来。"《将进酒·君不见》道不尽作者李白的豪情万丈，然而出身商贾大户的诗仙挥霍完家产后并未能复来千金，其晚年穷困潦倒贫病交加，看来得意切忌忘形。

　　然而，失意时忘形更加可怕。遭遇坎坷、遭到挫折、遭受不幸是每个人的必经之路，失恋时的痛不欲生，失业时的痛心疾首，失败时的痛彻心扉，往往使人感觉天要塌地要陷，眼前漆黑一团看不见希望的曙光，怨天尤人者有之，自暴自弃者有之，一蹶不振者亦有之。

　　不如意事常八九，多看一二。面包会有的，希望也会有的，天涯何处无芳草，何必非要灵芝上凌霄；此处不留爷自有留爷处，处处不容爷大爷卖红薯；不摔跤不知地滑，失败才是成功之母。眼高手要低，遥望山顶的迎客松，不畏坡高路陡，一步一个脚印爬上去，就一定会登临峰巅。

　　据正史记载，李太白六十二岁时因嗜酒成性得"腐胁疾"而病逝，民间多传说其在船上酒醉捞月溺水而亡。真相已无从考证，但如果李白当年遭权贵宠妃排挤而萎靡不振，便不会给后世留下"五花马，千金裘，呼儿将出换美酒，与尔同销万古愁"的豪迈之词。

　　（2017.4.29 星期六）

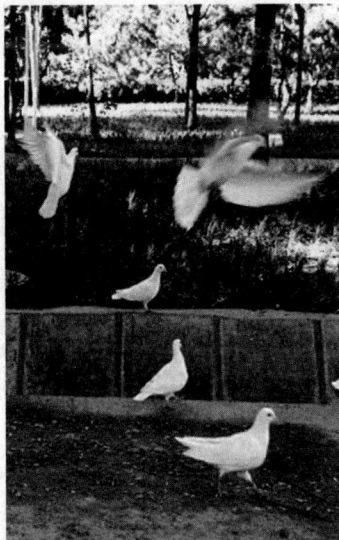

微信微言　乐山乐水

庄秀蝶梦

　　庄子梦见自己变成了一只翩翩起舞的蝴蝶，醒后发现自己还是庄周，他不禁疑惑：是自己做梦化成了蝴蝶，还是蝴蝶做梦成了自己？这便是典故"庄周梦蝶"的由来。

　　也许有人会说庄子是在痴人说梦，而我们不也常常做白日梦吗？幻想着成了李小龙，欺负过自己的狗蛋跟在屁股后面点头哈腰；梦想着当上了总经理，平时白眼对人的办公室主任毕恭毕敬地轻声道"您小心台阶"；想象着摇身一变成了演艺明星，漂亮的女演员簇拥在周围，尽显谄媚。

　　然而，嘴角淌出的哈喇子还未落地，黄粱美梦就醒了，睁眼看到的还是那个需要整天奔波讨生活的自己，得看天色办事，要看脸色行事，须凭本色成事，不由得慨叹：人生如梦，但愿长睡不醒！

　　也许，蝴蝶真的做梦都想变为庄子：能够历经几十个春夏秋冬，可以与好友促膝长谈，还会著书立说名垂青史，不用担心被人捕捉，不用害怕寒来寿终，不用焦虑花迟无粉。

　　庄周梦蝶模糊了现实与虚幻的界线，但只要是梦就会醒，无论是庄子还是蝴蝶，庄周不会传播花粉，蝴蝶不懂道家理论。梦境再美也只是水中月，可观赏不可真捞；现实再冷也得面对，可调侃不可开玩笑。

　　有调查显示全球大概只有几十人不会做梦，但他们都身患疾病，也就是说人人要做梦，如果人类能探测出蝴蝶的梦境，或许每只蝴蝶也都会做梦吧。蝶舞庄梦，庄秀蝶梦，只要梦飞而心不迷，则庄子的思想就会舞动，蝴蝶的梦想将含哲理。

（2017.4.30 星期日）

猎奇杀死狗

西方谚语"好奇心杀死猫"，是说猫虽然有九条命，总能起死回生，但最后恰恰是死于自己的好奇心。

我从前一直以为这只不过是个传说，自从家里养猫后才知此言不假。两个月大的美短虎斑猫刚买来时胆小如鼠，听到我的脚步声便倏地钻到床底下去了，两个小时后才敢探出小脑袋东张西望一番。

三天过后，"苗苗"就和家里人混熟了，没了畏惧感。然而它的好奇心却与日俱增，卧室、客厅、厨房、厕所的每处角落，它都挨个巡视一番。靠枕上的拉链竟然够它玩半天的，儿子的数据线也成了它的宠物，三绕两缠中便勒在了猫脖子上，真的差点要了它的小命。

我对猫的蠢行感到可笑的同时，又为人们过盛的好奇心深感可悲。对未知事物的不懈探索是人类科技进步的动力源，然而日常生活中的一些猎奇行为却是践踏隐私的罪恶源。

狗仔们爆料一些明星私生活的实证后，满足了无数吃瓜群众窥人裙下风光的快感，好奇心成为剥皮抽筋的利刃，而始作俑者并非义工，他们在人们疯狂挤向前台看戏时，偷偷捡拾地上遗落的钱包手机。而当人群的兴奋感消退后返身找寻遗失的物品时，才看清狗仔的丑陋嘴脸，定会痛打落水狗，杀人者终被诛。

吃过亏的"苗苗"并未长记性，我的耳机线又吸引了它的注意，我赶紧把线形的东西都收好，免得好奇害死猫。但不知路人甲们是否会反思自己过度的猎奇心？狗仔们是否会意识到玩火者必自焚？

（2017.5.1 星期一）

微信微言　乐山乐水

143

心明照色空

人心如镜,有的是顾影整冠的穿衣镜,有的是玩世不恭的哈哈镜,有的是挑刺寻瑕的放大镜,有的是防撞避险的后视镜,有的是决胜千里的望远镜。世间万物都会在心镜中留下或大或小,或真或虚的影像,人们的心境也便高低起伏悲喜交错。

过眼云烟总会在心池中激起微澜,有人荡漾的是风起云涌的激情,有人溅起的是风吹浪打的悲鸣,也有人掠过的是风轻云淡的空无。佛教将"色"理解为眼睛所看到或看不到的一切事物,所以有了"色即是空,空即是色"的经典禅语。

见色悟空易。佛家弟子通过参禅打坐看空外物,而修行高的大僧、普通百姓也会对世事万物心生感悟,发出"人生一世,草木一秋"的感慨,尤其是经历过百战百败的挫折,亲人故交的不幸辞世,便对功名利禄看开许多,少了些许执念,多了几分淡泊。

然而,执色行空难。人非圣贤,孰人无过;世间不空,孰人能仙? 我们不可能不食人间烟火,活得再潇洒也得算计吃穿用度,看得再开也会有喜出望外悲从中来,想得再空也要面对家长里短流言蜚语。所以"空"大部分是劝导他人的鸡汤,大多数是吃不到葡萄时的"阿Q"精神胜利法。

但不能畏难而不为。佛家劝人修身养性,看空色界,读懂因果,让人们在积德行善中使心灵得以净化,精神得以皈依,灵魂便不会漂泊。我们用开悟的心态面对挫折,直面痛苦,正视得失,也会卸掉几多浮躁和迷茫,增添几许坚韧与豁达。

镜不擦不亮,人不修不明,睹色常开悟,心镜鉴万物,参透万事理,心明照色空。

(2017.5.2 星期二)

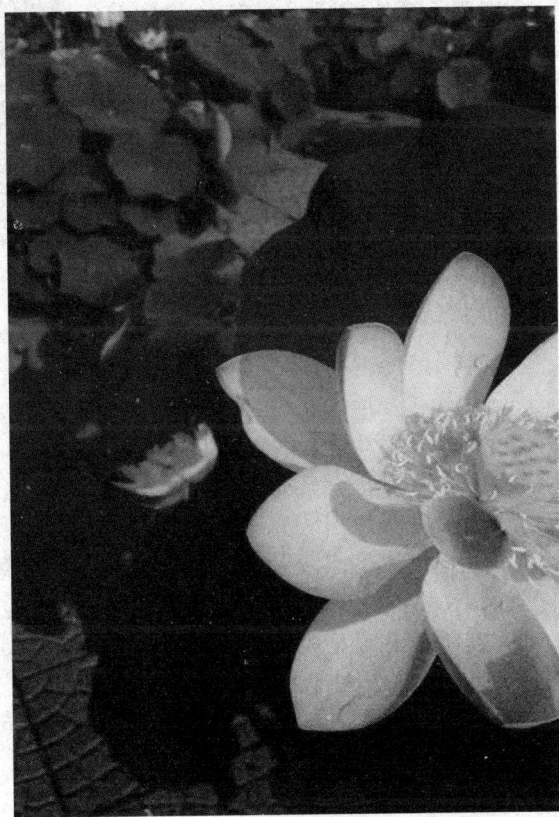

■微信微言 乐山乐水

145

诗长情未了

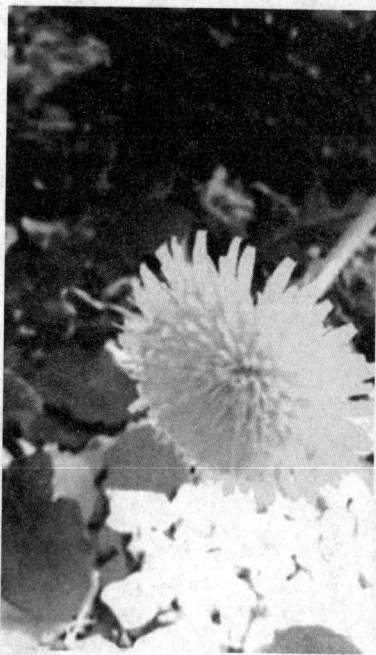

唐诗多是简短的绝句和律诗，少有长篇，《长恨歌》当属这凤毛麟角长诗中的杰作。白居易用八百四十个字叙说了一段感天动地的帝妃之恋，也将杨玉环的美、媚、没、魅描绘得淋漓尽致。

"天生丽质难自弃，一朝选在君王侧。回眸一笑百媚生，六宫粉黛无颜色。春寒赐浴华清池，温泉水滑洗凝脂。"诗人仅用寥寥几笔便把玉娘的美貌呈现在人们眼前，她不愧是中国古代"四大美女"之一。

后宫佳丽三千，唐明皇独独宠爱贵妃，不仅是因为她曼妙的身姿，更是由于她多才多艺的媚姿。"骊宫高处入青云，仙乐风飘处处闻。缓歌慢舞凝丝竹，尽日君王看不足。"

然而乐极生悲，安史之乱中皇亲国戚不得不逃离京城，人困马乏的官兵将一腔怨气指向无辜的贵妃，"六军不发无奈何，宛转蛾眉马前死"，三尺白绫葬送了贵妃，香消玉殒。

垂垂老态的李隆基被迫当了太上皇，而魂牵梦绕的还是他的爱妃，"夕殿萤飞思悄然，孤灯挑尽未成眠"，也只有在梦中才能与玉环的魂魅相逢，"风吹仙袂飘摇举，犹似霓裳羽衣舞。"

"在天愿作比翼鸟，在地愿为连理枝。天长地久有时尽，此恨绵绵无绝期。"诗人的喟叹虽是给整个诗篇画上句号，但诗长情未了，这缠绵凄凉的爱情故事将被传颂不已。

（2017.5.3 星期三）

大道稀言

　　昨天在跟一位山东朋友聊天时,我谈了自己对"道"的理解:老子所说的"道",是宇宙的本原和普遍规律;孔子所说的"道",是"中庸之道"的方法;佛家所说的"道",是中观思想的"中道"和"空"。他听罢,淡淡地说:"你真有道道。"我不禁哑然失笑。

　　山东话中"道道"是指有办法有想法的意思,朋友仅用两个字就把我的一通"侃侃而谈"全概括了,原来"道"没那么深奥,看似高大上的见解都是唬人的把戏,真可谓"道不远人"呀。

　　"道"其实很简单,首先是指道路。出门在外,步行得走人行道,骑车要上自行车道,开车就需驶在行车道,各行其道才能避免混乱,否则就会一塌糊涂,人上车道肯定会出危险,车占自行车道便会堵路,让人们怨声载道。

　　生活离不开求人办事,所以"道"也指"路子"。所谓的"路子"就是关系网:孩子上重点中学得找人帮忙,毕业找工作需四处求人,老人住院应想办法塞个红包,落户随迁不得不求爷爷告奶奶。我们正如撞到蛛网上的小虫,得拼尽全力左冲右突,否则就会沦为他人的盘中餐。

　　做人更离不开"道",就是要不断调整自己的精神状态。

147

年轻时学儒家，拼搏进取积极入世，干一番事业展一份辉煌；年龄大时学道家，注意养生注重保健，身体健康生活有质量就是成就。

道可道，乃常道，"道"即吃喝拉撒，就是该吃吃，该睡睡，顺势而为便可得道，逆势强为定会出轨。大道稀言，朋友用最简单的话让我明白了一个大道理。

（2017.5.4 星期四）

注：此文给《学以致其道》供稿。

148

老兵不老

岳父刚过完八十一岁生日便永远地闭上了双眼，没能等到令他无比骄傲自豪的"八一建军节"。

六十三年前，江苏海安的英俊少年投笔从戎，水兵帽潇洒的飘带放飞他保家卫国的情怀，驾驭蛟龙驰骋四海、构筑水下钢铁长城是那一代热血青年用激情燃烧的岁月。走出军校大门步入装备监造队伍，打造军地桥梁纽带，将市场与战场紧密连接，又成为他孜孜以求的奋斗目标。

"老头子心很细，连袜子都要叠出褶子来。"这是岳母经常挂在嘴边的炫耀，其实岳父工作上同样仔细。厚厚的四大本笔记是他随舰艇出海做的第一手装备使用记录，凭借这些翔实资料，他和同事圆满解决了潜艇的快速反应能力问题，难怪扛着黄肩章的将军由衷地赞道："好样的！"

"将来我的骨灰不要留，就撒到海里吧！"这是岳父最后的遗愿，也是一名老海军对深蓝的痴情。"青山处处埋忠骨，何须马革裹尸还"，落叶何必归根处，铺就坦途成大路。

唐僧师徒四人历经九九八十一难终成正果，岳父走过八十一个寒暑，无憾西去。蒲公英花落后将希望播撒天宇，水滴汇入大洋把永恒汹涌成波涛，老兵老去的是身形，不老的是鸟瞰海疆的英灵。

（2017.5.5 星期五）

49

轻死重生

昨天，几位多年不见的朋友相遇，闲聊中我发了一通感慨：中年以后应该多去两个地方转转，一个是殡仪馆，一个是医院。

黄泉路上无大小，西去的人男女老少都有，永闭双眼的原因也各有不同，但最后全是血肉成灰，小小的木匣成了人们共同的归宿。无论是黑檀还是杨木做的方盒，收纳的成分几无差别，只是悼词陈述的经历画出了不同的曲线。

不论重症监护室的仪器多么先进，也舒缓不了床榻上病人的痛苦表情，也丝毫减轻不了患者亲人揪心的疼。监视屏时时发出的尖叫犹如敲击后脑的重锤，呼吸机的"呼嗒呼嗒"声就像催命鬼的脚步令人心惊。气管、鼻饲管、导尿管缠绕着的裸体，了无尊严可言。

去殡仪馆送送故人就会将死看轻，所有的恩怨、一切的愤愤不平都似缥缈的青烟淡淡然然了；到医院护理护理病人将会把生看重，痛痛快快呼一次气、安安稳稳吃一口饭都会是患者和家属的奢望，一线生机也能点燃渴望生的火焰。

"保养好身体便是财富，谁也代替不了谁受罪；别计较得失就是智慧，谁也带走不了一枚钢镚。不畏死，好好活吧。"我的话音刚落，朋友们便开始不住地点头。

（2017.5.7 星期日）

海水与火焰最远

"世界上最远的距离，不是瞬间便无处寻觅，而是尚未相遇，便注定无法相聚。"泰戈尔的诗行将未聚的缘分描写得有些凄凉，而我们中国人会对不期而遇多含朦胧的憧憬。

白居易和琵琶女的偶遇成就了"同是天涯沦落人，相逢何必曾相识"的千古名句；张生在普救寺巧遇崔莺莺，促成红娘牵出"西厢"姻缘；司马相如宴会上一曲《凤求凰》，演绎出与才女卓文君的私奔传奇。

一见钟情是四目相对时迸出的电光石火，是两颗心同频共振的一瞬，刹那的情愫便可凝聚摧枯拉朽的巨力，霎时的灵犀相通就能释放熔岩化铁的高温，好似划破夜空的流星一样璀璨夺目，就如原子裂变般撼天动地。

也许正是因为邂逅难求，才令人们无限向往，在酣睡中幻化出几多甜蜜的梦境。无论相逢是否相识，相见是否相爱，相恋是否相守，但那美好的一瞥，定会在整齐的心田上犁出一道永难平复的深壑。

印度人多钟爱聆听宗教的梵音，而我们更喜欢沐浴在童话般的传说里。泰戈尔的诗句在中国入乡随俗后大概应该是这个样子吧：世界上最远的距离，不是瞬间便无处寻觅，而是一半是海水，一半是火焰。

（2017.5.8 星期一）

注：此文特为《博雅诗院》供稿。

路远景近

　　"爸爸,爸爸,草地不能踩!"公园里,一个男子正要拉着四五岁的男孩穿过草地上的捷径,孩子稚嫩的童音便响了起来,大人赶紧收住脚步,连声道:"对!对!"脸上似是飘过一丝羞红。

　　我望着如茵的草坪,中间一条笔直通向侧门的小道格外扎眼,应该是人们为了方便踏出的"违章路",就如马路中间挖电缆沟时留下的"疤痕"般醒目,那该是花草畏疼躲出的通道,也是绿地胸前无法愈合的伤口。

　　在知识爆炸、讯息横流的时代,人们的脚步被逼得无比迅捷,小跑上班,开车买菜,熬夜应酬,胡吃快餐,随时都在跟时间赛跑,都在与身边人攀比,都在和金钱较劲,费效比便成了心里经常掂量的砝码。

　　寻求效率,追逐效益,似是眼前晃动的钟摆,摇得人头晕目胀,搅得人心神难安,也就掀动起心底发霉的沉渣。嫉妒、羡慕、愤懑犹如打开压力阀的高压锅瞬时被释放出来,寻找一夜暴富的门路,挖掘一举成名的路径,钻营一步登天的路数,"快速、迅捷、马上、立刻"成了嘴边挂臭了的词汇。

　　欲速而难达,速度的提升都是有高昂的代价做垫背,轿车跑过120油耗会迅速增加,暴饮暴食将撑破肚皮,大红大紫多是心肌梗死的前兆,高高在上大概也会不胜寒吧。

　　天真的孩子制止了一起对嫩草的践踏,但黑不染白,置身浊流的童真能否抵得过身前身后的诱惑?将来他的儿子也许会说:"爸爸,爸爸,不能这样!"他可能会像他的父亲般缩回了抬起的蹄子,或许他还不如父辈。

　　世上本没有路,走的人多了便没了草,走几步远路,景色才会近。

（2017.5.9 星期二）

注:此文特为《盼枝花》供稿。

152

爱无关他人

"爱情,原来是含笑饮毒酒。""爱一个人很难,放弃自己心爱的人更难。""爱上一个人的时候,总会有点害怕,怕得到他,怕失掉他。"读张爱玲的文字总能咀嚼出几分酸涩,正如她的人生那样凄楚悲凉。

张爱玲家世显赫,祖父张佩纶是清末名臣,祖母是晚清洋务派领袖朝廷重臣李鸿章的女儿,她的家庭生活十分优越,然而在她二十岁时迎来了一生的错爱。1944年张爱玲与大她十四岁的胡兰成秘密结婚,胡后来投靠汪伪做了汉奸,最可气的是他是个十足的伪君子,先后和七八个女子有染,可悲的是张爱玲明知丈夫胡作非为,还忍而又忍,割舍不下那段真情。

1947年张胡之恋才走到尽头。后来张爱玲和一个大自己二十九岁的美国人成婚,共同生活了十一年。1973年,她定居洛杉矶,1995年9月8日,适逢中秋节,房东发现张爱玲逝世于加州韦斯特伍德市罗彻斯特大道的公寓,享年七十五岁,被发现的时候她已经过世一个星期。

张爱玲是个多情而又重情的女子,她因情而生,被情所困,为了心中的才子胡兰成可以抛弃家人和朋友,为了挽留

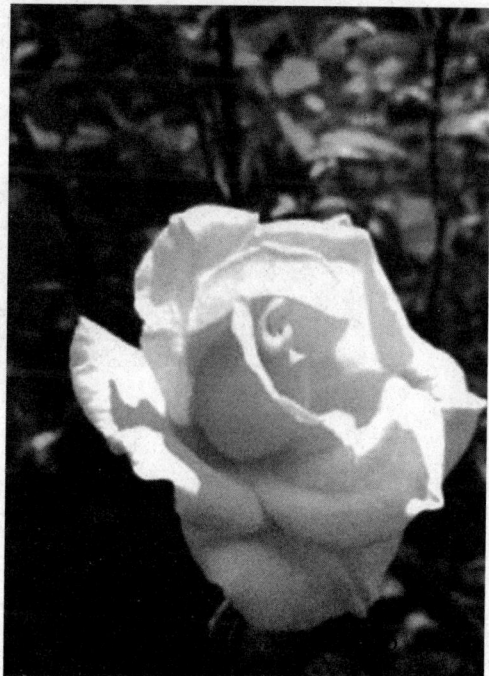

▌微信微言　乐山乐水

曾经的痴情可以和胡的相好共同生活。我不敢相信这是写出《金锁记》《倾城之恋》《半生缘》《红玫瑰与白玫瑰》《小团圆》的才女的选择。

　　然而事实已成历史，我们不能妄断女作家的是非曲直，只能扼腕长叹一声：生亦其所欲也，情亦其所欲也；二者不可得兼，舍生而取情者也。也许下面这段话才是张爱玲对爱的全部诠释吧："感情有时候只是一个人的事情，和任何人无关。爱，或者不爱，只能自行了断。"

（2017.5.10 星期三）

　　注：本文特为《读后感杂志》供稿。

154

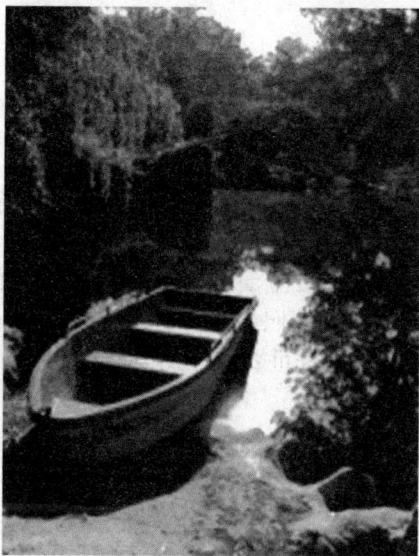

清照误人

　　"生当作人杰,死亦为鬼雄。至今思项羽,不肯过江东。"其实,这位李清照笔下的豪杰只是个不成熟的"大男孩"。

　　项羽少年时,叔叔项梁教他读书,但没多久就不学了,又教他练剑,时间不长也不练了,项梁因此特别生气。项羽说:"读书识字只能记住个人名,学剑只能和一个人对敌,要学就学万人敌。"项梁于是改教他学习兵法,项羽非常高兴,但是只学了个大概,再不肯深加研究。

　　有一年秦始皇到会稽游玩,驾大船渡浙江,项羽与项梁一起观看,项羽对项梁说:"始皇是可以被取代的。"项梁赶紧捂住项羽的嘴说:"你不要胡乱说话,否则会给全族招来祸患。"项羽之话与其说是胸怀大志,莫如看作是童言无忌。

　　典型的例子是鸿门宴,刘邦的几句甜言蜜语,樊哙誓死护主的慷慨之举,便打消了项羽的杀心,愉快地接受了汉军馈赠的一对白璧,气得军师范增将送给他的玉杯击得粉碎,叹道:"唉!竖子不足与谋,夺项王天下者必沛公也!"

　　韩信曾评论项羽是"妇人之仁",然而项羽杀人屠城就像玩电脑游戏一般轻松,刀斩郡守,杀害宋义,坑杀二十万秦军,屠杀襄城,诛杀子婴,屠戮全部嬴氏皇族,害死楚怀王,掘秦始皇陵,火烧咸阳,每一件事都触目惊心。

　　项羽攻占咸阳后,有人劝他定都关中,成就一番霸业,但他却说:"富贵不归故乡,如衣绣夜行,谁知之者!"最后分封各路诸侯,并自封为"西楚霸王",衣锦还乡彭城去了,孩儿气十足。

▍微信微言 乐山乐水

　　学而不专，口无遮拦，意气用事，游戏生灵，衣锦炫酷，这些都绝非大丈夫所为，只是些儿童的任性罢了，也就不难理解项羽在乌江边还要上演自刎的悲情了，因为他还梦游在《英雄联盟》之中。

　　李清照如此盛赞项羽，并非她崇拜霸王，而是在借古抒怀中表达自己愤世嫉俗的感慨而已，没想到竟引无数后人对人杰的误读。

（2017.5.11 星期四）

　　注：本文特为《学以致其道》供稿。

城墙记忆

　　我的老家在河北满城县城内村,家门口就是"西城墙",我小时候的城墙只不过是条高过外侧六七米的马路,但还能依稀寻到三合土的痕迹。"1963年发大水时,周围许多村子都被淹了,要是水再高一尺就能进城,多亏了这城墙呀!"父亲经常谈起那次死了许多人的水灾。

　　记得,那时城墙外面是大片的杨树林,每年夏天,这里便成了我和小伙伴们的乐园。吃过晚饭,我们就一手拎个玻璃瓶,一手打着电筒,挨个在大树下找"知了猴",它们或刚破土而出,或已爬到树半腰,不过一个小时,就能满载而归。有时,也会在空地上点一堆篝火,孩子们四散开去晃树干,枝头的知了便鸣叫着扑向大火,我们的欢笑就在映红的脸上荡漾。

　　父亲的战友一家人都在保定市里上班,他们来满城玩时穿着漂亮的衣服,操着纯正的保定普通话,令我羡慕不已,心想我们什么时候也能成为城里人呀。2015年,随着京津冀一体化的深入,满城撤县,正式成为保定市的一个区,我儿时的梦想似乎成真。

　　"前天,送快递的小

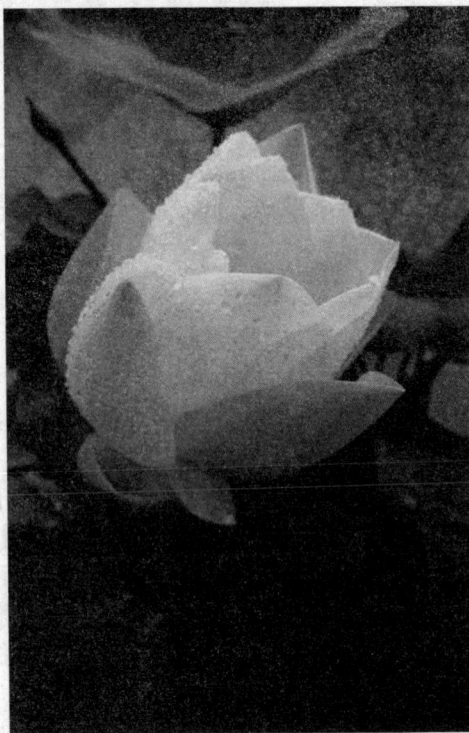

伙子问我家在哪儿,我告诉他在西城墙,他说不知道这地方,哎,现在连一点老城的影子都没有了。"父亲在电话里不无惋惜地说。是啊,原来的深沟早已填平盖起了楼房,宽阔的街道取代了坑洼不平的土路,只是听不到了蝉鸣,见不到了杨树林。

"城"在古代是指城邑四周的墙垣,一般分为两种,里面的叫城,外面的叫郭,城字单用时,多包含城与郭。"市"古时指以物易物或买卖商品的场所,一般在城外。而现代的城市是人口密集的地方,是拥挤和钢筋水泥的代名词,没了城墙,没了护城河,没了晨钟暮鼓,常见车堵道,常闻房价高,常被雾霾扰。

我忽然开始怀念那带陡坡的"城墙",开始喜欢那带土味儿的满城话,开始向往天高林密的田园生活,不知是因为自己老了,还是时代进步快了,但儿时的记忆似乎越来越清晰,越来越值得回味把玩。

（2017.5.12 星期五）

注:本文特为《直隶尚书房》供稿。

酒浅心不远 梦深桃源偏

陶渊明在《桃花源记》中臆造了个世外清静之处，那里"土地平旷，屋舍俨然，有良田美池桑竹之属。阡陌交通，鸡犬相闻"，其中的人们"先世避秦时乱，率妻子邑人来此绝境，不复出焉，遂与外人间隔。问今是何世，乃不知有汉，无论魏晋"。

从文中不难看出，与其认为这是个理想的太平盛世，不如说是一躲避战乱的封闭之所，更是陶潜面对动荡时局做的春秋大梦，寄托了作者期待和平与安宁的无限向往。陶渊明生活在晋末南朝初年，正是社会动乱、战争频仍的时期，不为五斗米折腰的诗人只好借酒抒怀，在醉意朦胧中幻想出这么个绝世桃源。

陶渊明不仅是中国第一位田园诗人，而且喜欢喝酒，写出了大量饮酒诗，其中最有名的当属第五首："结庐在人境，而无车马喧。问君何能尔？心远地自偏。采菊东篱下，悠然见南山。山气日夕佳，飞鸟相与还。此中有真意，欲辩已忘言。"

心远地自偏，足见诗人并未酗酒，只是在半醉半醒中放飞了心情，幻化出不闻车马喧、只见飞鸟还的仙境。这里可以随意采摘，可以尽情游山，自由自在，赏心悦目，真是快哉，此情此景要比梦中的"桃花源"真实许多，清醒许多。

原来喝酒要比做梦好，酒浅心不远，梦深桃源偏，不知今夕是何年的秦人后裔，大概就是梦中的陶渊明吧，哪有结庐在人境的五柳先生那般洒脱无拘无束，看来"菊篱山"更令人神往呀。

（2017.5.13 星期六）

注：此文特为《桃花源间》供稿。

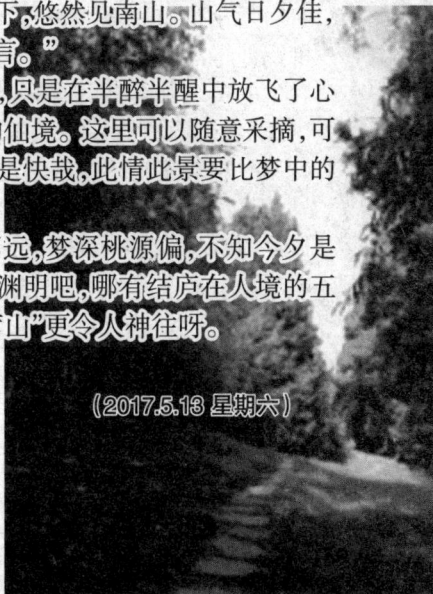

流水落花春去也 天上人间君不绝

"有意栽花花不开，无心插柳柳成荫"，南唐中主李璟的第六个儿子李煜做梦都没想到自己会当皇帝。因为他长得丰额骈齿、一目双瞳，大有帝王之相，所以遭到长兄太子李弘冀猜忌。李煜为避祸，醉心经籍、不问政事，自号"钟隐""钟峰隐者""莲峰居士"，以表明自己志在山水，无意争位。然而天意弄人，五位兄长先后病故，他成了太子的不二人选，并在父皇驾崩后顺利当上天子。

"不想当皇帝的皇子不会是好皇帝"，李煜年轻时潜心研究艺术，精书法、工绘画、善音律、通佛学，诗文均有一定造诣，尤以词的成就最高。他继承了温庭筠、韦庄等花间派词人的传统，又受李璟、冯延巳等的影响，语言明快、形象生动、用情真挚、风格鲜明，在晚唐五代词中别树一帜，对后世词坛影响深远，其《虞美人》《浪淘沙》《乌夜啼》等名篇流传古今，因而李煜被称为"千古词帝"。但他治理国家却是一塌糊涂，公元 975 年，金陵城破，李煜降宋，成为宋朝的阶下囚。

"春花秋月何时了，往事知多少。小楼昨夜又东风，故国不堪回首月明中。"李煜的词让人赏心悦目，却令宋帝大为不快，知道这位南唐后主仍有思乡之情，遂起杀心。在李煜七夕生日这天，宋太宗御赐他毒酒，其年四十二岁整。成也萧何，败也萧何，诗词成就了李后主的英名，同样因此招来杀身之祸，可叹，可悲矣！

"梦里不知身是客，一晌贪欢。独自莫凭栏，无限江山，别时容易见时难。流水落花春去也，天上人间。"李煜念念不忘南国风光，只是身已为客，这才如梦初醒般领悟到"别易见难"的感伤。"无言独上西楼，月如钩，寂寞梧桐深院锁清秋。剪不断，理还乱，是离愁，别是一般滋味在心头。"一代帝王沦落到任人摆布的田地，自是无奈锁清秋，离恨别愁如何能剪断，断送的只有江山和身家性命了。

无意称帝黄袍加，有心治国白旗插，李煜的悲剧人生是弱肉强食兼并战争的下酒菜，也是胜者为王败者寇的祝酒词，其之不幸令人唏嘘不止，其之杰作让人赞叹不已。流水落花春去也，天上人间君不绝。

（2017.5.14 星期日）

注：本文特为《儒林文学》供稿。

160

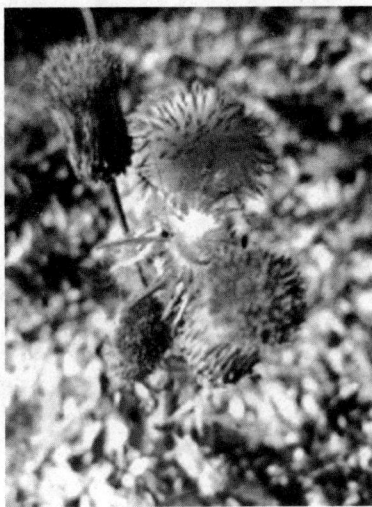

骨身玉衣两难全
千古不朽唯陵山

　　"山不在高，有陵则名"，1968年海拔只有一百九十六米的河北满城"陵山"出名了。这年，工程兵某部响应毛主席"备战、备荒、为人民"的号召在山上开凿岩洞，5月22日随着爆破的硝烟散尽，一座埋藏千年的古墓露出真容。经周恩来总理批示发掘，郭沫若亲临考证，当时国内最大的一座崖墓展现在人们面前，并成为当年中国十大考古发现之一。

　　经多方考据，确认墓主人为汉景帝之子"中山靖王"刘胜，从墓中出土了金器、银器、铜器、铁器、玉器、石器、陶器、漆器、丝织品等遗物一万余件，其中包括"金缕玉衣""长信宫灯""错金博山炉"等著名器物，足见这位中山王的生活奢靡豪华。

　　古人认为玉石可以防腐，所以皇家贵胄死时可以穿金丝连玉片做成的"金缕玉衣"，梦想能够万古不朽。然而在棺椁中，考古人员只发现了保存完好的玉衣和几块残留的骨渣。如果刘胜在天有灵，一定会大呼道："谁言肉不腐！唯有玉不蠹！"

　　诚然，是肉便会烂，如果是腐肉就会臭得更快。传说刘胜是刘备的宗祖，从殉葬的大量酒器和车马来看，他是个好酒尚武之徒，据记载，他又十分好色，妻妾成群。刘胜之所以放浪形骸，只因极力想让其弟汉武帝放松对他的戒心，以免引来杀身祸害。

　　高处琼楼玉宇只是不胜寒，刘胜日日笙歌，天天畅饮，想必心神也难安，得时时偷窥武帝脸色，赳赳然似一勇夫，诺诺然一懦夫也。嗟乎，帝王之家多危卵，身首同安一言间，骨身玉衣两难全，千古不朽唯陵山。

　　　　　　　　　　　　　　　　　　　（2017.5.15 星期一）

　　注：本文特为《直隶尚书房》供稿。

为伊消得衣憔悴
井边柳词万古垂

有评论家讲："有华人处，就有金庸的武侠小说。"足见"金大侠"的影响之深远，古往今来大概只有宋代词人柳永可以与他相提并论。

柳永原名三变，字景庄，因排行第七，又称柳七，是北宋著名词人，婉约派代表人物。他的词具有适俗的意象、淋漓尽致的铺叙、平淡无华的白描等独特的艺术个性，深受当时人们的喜爱，就连西北的番国"西夏"都流传着"有井水处，即能歌柳词"。

柳三变不仅会填词，还会谱曲，可以说是多才多艺，但也染了文人的"清高病"，常口出狂言，因此遭人记恨。他的一句"忍把浮名，换了浅斟低唱"，惹恼了当朝天子宋仁宗，皇帝怒道："且去浅斟低唱，何要浮名？"仕途受阻的柳永只得浪迹烟花柳巷，给伶人写词，并酸溜溜地自嘲说："我是奉旨填词。"

表面上看，柳七对功名利禄不无鄙视，很有点叛逆精神，其实只是不得志的牢骚话，骨子里还是放不下官场。他在《如鱼水》中一方面说："浮名利，拟拚休。是非莫挂心头。"另一方面却又自我安慰说："富贵岂由人，时会高志须酬。"因此还是继续打拼，暮年终做了县官、判令等职,晚年穷困潦倒,死时靠歌妓捐钱安葬。

温文尔雅的金庸塑造了众多武林高手,倚红偎翠的柳永写就无数传世佳词,可见文与武、柔与刚、舛与达都没有对错好坏之分。假如柳永能飞黄腾达,也只是宋朝多了"柳丞相",而少了"衣带渐宽终不悔,为伊消得人憔悴"的千古名句。

功名利禄非祸水,何必口狂心后悔,莫将清高腮边缀,贻笑大方伶人累,为伊消得衣憔悴,井边柳词万古垂。

(2017.5.16 星期二)

注:此文特为《盼枝花》供稿。

只如初见 何如不散

人们常常是提诗必言唐、论词必说宋，而往往忽略了清代的一位词坛大家。纳兰性德（1655~1685），满洲正黄旗人，叶赫那拉氏，字容若，为康熙十五年进士，一生淡泊名利，善骑射，好读书，尤长于词。他的作品可以用一个"真"字凝括，写情真挚浓烈，写景逼真传神。被王国维誉为："北宋以来，一人而已。"

"人生若只如初见，何事秋风悲画扇？等闲变却故人心，却道故人心易变。骊山语罢清宵半，泪雨零铃终不怨。何如薄幸锦衣郎，比翼连枝当日愿。"这首拟古决绝词《木兰花令》为纳兰树立起一座后人无法逾越的丰碑。

"画扇"本是贵妇千金消夏时的宠爱之物，入怀纳袖总让人浮想联翩，倚栏曼摇更是平添几多婀娜，但秋寒乍起，多情却被无情弃，怎不令人轻叹"人生若只如初见"的感伤。纳兰容若借欲与薄情郎决绝的妇人之口，抒发了自己对爱情、友情经不起流年冲刷的悲怨。

世事无常，总让人念念不忘的是初情初景。夫妻分手后才梦起初恋时的甜蜜；股市血本无归时才想起"当初涨到二十就该出手，何必非得等五十"；诫勉谈话时才后悔当年手伸得太长；一句狂言招致身败名裂时，才恨不得当时咬掉惹祸的舌头。然而，人生许多时候没有假设，所以纳兰的"只如初见"能够勾起无数世人的共鸣。

念初见只因终离散，悔不该多为玩太嗨。想念当初，思念当年，怀念当时，大概是因为走得太远，忘了回头看看来路，大多是由于跑得太快来不及做返程的路标。后悔不迭，何必走邪；只如初见，何如不散。

（2017.5.17 星期三）

注：本文特为《微文化联盟》供稿。

164

星短石长

"你们两人都是过来人,离过婚又重新结婚,都是用情不专。以后要痛自悔悟,重新做人! 愿你们这是最后一次结婚!"梁启超在徐志摩和陆小曼婚礼上的证婚词可谓大煞风景,从中也不难听出这位敦厚长者并未看好"新人"的恋情。

徐、陆两人在婚前婚后一段时间里,爱得的确如熔铁烁金般热烈。"我将于茫茫人海中访我唯一灵魂之伴侣;得之,我幸;不得,我命。"徐志摩与张幼仪离婚后,闯进他灵魂的不是美神林徽因,而是"疯神"陆小曼,正是一代名媛激起诗人的灵感,创作出大量传世名篇。小曼也为了这销魂的感情,义无反顾地偷偷打掉腹内前夫的骨肉,而不幸落得终身病疾。

但是,新婚后他们神仙般的日子未能长久。徐志摩离婚再娶,触怒父亲,断了经济后援,而陆小曼生活挥霍无度,还染上毒瘾,使志摩入不敷出,不得不四处到大学任兼职,狼狈不堪,两人之间便多有口角发生,炽热的爱似乎被平淡的日子淹没。1931 年 11 月,徐志摩在前往北京途中飞机失事而亡。

志摩的遇难敲醒了陆小曼的灵魂,她戒了烟瘾,闭门思过,并潜心编成《徐志摩全集》,她最被人推崇的散文竟是悼念亡夫的《哭摩》。"摩! 我这儿叫你呢,我喉咙里叫得直要冒血了,你难道还没有听见吗? 直叫到铁树开花,枯木发声,我还是忍心等着,你一天不回来,我一天地叫,等着我哪天没有了气,我才甘心地丢开这唯一的希望。"徐志摩在天闻之,一定也会感动得泣不成声。

陆小曼虽然后来又与他人同居,但终未再嫁,梁启超的祝愿也算兑现了吧。徐、陆之爱可以说只在朝和暮,开始的绚烂,结局的悲戚都令人唏嘘,然而中间喧嚣的白昼、寂静的黑夜却成了他们之间可怕的梦魇。

　　徐志摩的母亲后来痛心疾首地说："是陆小曼害了志摩，也是志摩害了小曼。"然而曾经的如胶似漆，曾经的冷眉相向，别人都无法真正体味，唯有事中人才能刻骨铭心。两人间的爱恨情仇虽短暂，但故事却流传得历久弥新，正如让人难忘的流星，不止在于划过夜空的一瞬，还在于坠落后深埋地下的陨石之永恒吧。

（2017.5.18 星期四）

　　注：本文特为《学以致其道》供稿。

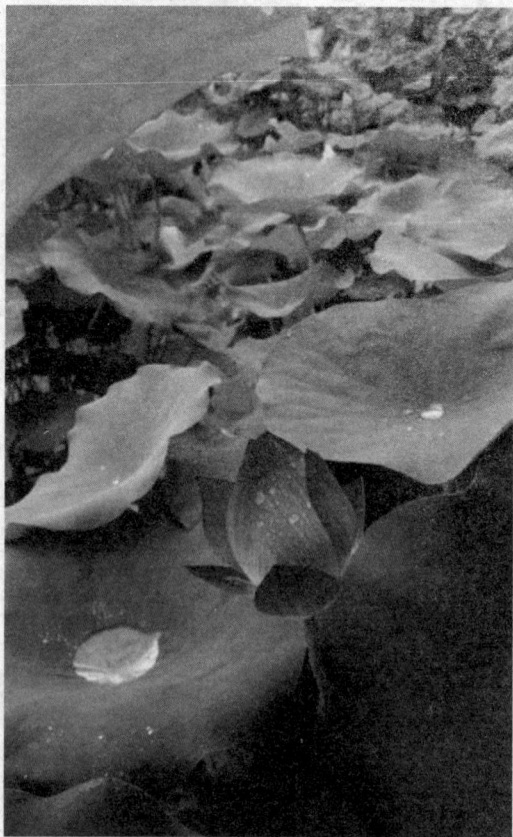

扇摇清风

一提到徐志摩的感情生活，人们往往联想到的是陆小曼和林徽因两位美女，而我觉得与诗人有过接触的众多女人中，最美的当属张幼仪，因为她有负重不辱的风范。

1915年，出身名门的张幼仪便在十六岁时嫁入徐家，三年后生下长子，不久诗人就出国留洋，撇下孤儿寡母艰难度日。1920年，幼仪携子前往英国探望丈夫，徐志摩正在神魂颠倒地追求林徽因，当听说妻子再次怀孕时他坚决要求打掉。

张幼仪凄楚地说："可是我听说有人因为打胎死掉的！"徐志摩冷冰冰地道："还有人因为坐火车死掉的呢，难道你看到人家不坐火车了吗？"我总认为诗人多情，没想到有的竟然缺了人性！倔强的幼仪还是在丈夫弃她而去后生下第二个儿子，并大度地与徐办理了离婚手续。

历经劫难的幼仪没有被不幸击倒，而是在二哥的帮助下进入德国裴斯塔洛齐学院专心钻研幼儿教育，回国后从事德语教学，又在家人协助下开始经商。她曾担任上海女子商业银行副总裁，出任一家云裳服装公司总经理，充分展示了她的经营才能。就连徐志摩

██ 微信微言 乐山乐水

都评价前妻是位"有志气有胆量的女子"。

虽然张幼仪和徐志摩早已分手，但幼仪仍然悉心照料公公婆婆，为他们养老送终，而且不计前嫌料理了坠机身亡的徐志摩后事。"我是秋天的一把扇子，只用来驱赶吸血的蚊子。当蚊子咬伤月亮的时候，主人将扇子撕碎了。"张幼仪这样总结自己和徐的感情纠葛，我觉得她的话比《再别康桥》更富有诗意。

1953年，张幼仪在香港想与一位医生再婚，在征求儿子意见时，孩子回信说："母孀居守节，逾三十年，生我抚我，鞠我育我……综母生平，殊少欢愉，母职已尽，母心宜慰，谁慰母氏？谁伴母氏？母如得人，儿请父事。"这并非孝儿之典，而是母爱之范。

1988年张幼仪病死于纽约，是与徐志摩有过情感生活的人中活得最长的人。被撕碎的只是扇面，扇骨却不会畏惧风寒雪冷，在萧瑟中愈显挺拔，在负重中愈加坚韧。蚊子可以咬伤月亮，而扇子只会摇送清风。

（2017.5.19 星期五）

注：本文特为《百花驿站玫瑰》供稿。

可恨之人亦有可怜之处

　　"老师,您给我们写的《为伊消得衣憔悴 井边柳词万古垂》推送不出去!"昨天晚上《盼枝花》的"台主"发来信息,我说不知道原因。"刚才查了,是一个叫龚讯的人剽窃了您的文章,然后在《灵犀妙笔》上先发表了!"她气愤地讲。"林子大了什么鸟都会有,不必计较。"我安慰她道。

　　其实类似的事已经发生过几次,我并未往心里去,反而觉得这种偷盗之人很可怜。他们自己没本事写,只得"借"别人的,内心肯定有种恐慌感,怕被人发现,惶惶然如顺手摘了邻居家的黄瓜,紧紧揣在怀里,低着头急急离开现场一般。

　　唯一让我过意不去的是,《盼枝花》的"领导"辛辛苦苦为这段文字录了音,现在发不出去,实在有些委屈。"都怪我太显摆,每次都要把作品在朋友圈和一百多个微信群里转发,博得大家的好评时,心里便蓦地产生一种虚荣的满足感。"我只好自嘲地给她宽心。

　　的确是该改变一下发文章的渠道了,以后我将先把作品发到朋友们的平台,他们制作好后再转发其链接。这样做既是防小人,更是尊重友人。就如在扒手肆无忌惮的集市,卖鸡蛋的大娘担心挣到的五十块钱被人"挪"走,只得央告同村的小伙子代为保管一样。非大娘愚笨,而是有人过分;非我不仁,而是有人可恨。

　　（2017.5.20 星期六）

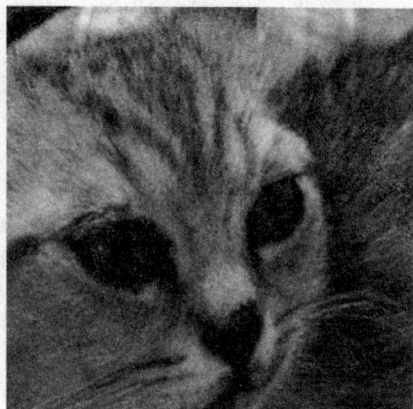

猫因我的高兴而欢愉

最近我家迎来了一只美短虎斑猫，轻盈灵动的体型，好奇敏感的个性，温存慈善的品行，无不让全家人喜欢。但它也给我们增添了烦恼：老婆因其漂亮迷人喊它"迷迷"，儿子见其爱吃胡萝卜叫它"萝卜"，我习惯听其叫声唤它"苗苗"，一时间三种叫法此起彼伏，可怜的小家伙莫衷一是，陷入了迷茫。

我考虑再三终于想出一万全之策。古时，婴儿出生百日之后由父亲取名，即通告亲戚，告知朋友，并报告地方长官，入籍登记；男子到了二十岁成人，要举行冠礼，女子十五岁许嫁时，要举行笄礼，这时要取"字"；后来人们还可以有多个"号"，号可以是自己取，也可以别人送。由此可见，字、名、号是有大小高低之分的，我便依家中地位给宝贝猫起了名字：名"萝卜"，字"迷迷"，号"苗苗"，说与妻儿听，皆大欢喜。

"苗苗"不仅逗得我们开心，而且解决了我微信上的一个难题。每有公众平台征稿都需要提供本人简历和照片，简历好写，照片难办，因为我不想将丑陋形象示人，但仍遇较真者非要"玉照"。我见老婆给"迷迷"拍的大头照不错，憨憨的表情、悠悠的目光很合我意，遂将其改作微信头像，并让它作为形象代言"人"。

名字也好，照片也罢，能用或一时或一世，但终归只是个符号。猫不知"苗苗"何意，我们百年之后又要那照片何用？唯时时珍惜，唯刻刻珍重，才会将名字叫响，才会让照片光鲜。我不是猫，但我知道猫会因我的高兴而欢愉。 **（2017.5.21 星期日）**

注：本文特为《温馨微语》供稿。

善起四月天

　　许多人认为林徽因选择与梁思成结合是因为她的聪明，其实促使一代才女做出抉择的是由于她的善良。

　　1920年十六岁的林徽因在英国和大自己八岁的徐志摩相识，并擦出爱的火花，诗人愿为她与结发妻子离婚，这时林家与梁家父辈也口头为子女定了婚约，徽因便在诗人和工科男之间徘徊，最终使她下定决心跟梁思成厮守终身的是场车祸。

　　1923年梁思成和弟弟驾驶摩托车在赶往学生游行的路上，被侧面冲过来的轿车撞翻，思成右腿骨折，脊椎受重伤，虽经救治，还是留下两腿不齐、终生背负"铁马甲"的残疾。但林徽因并未因此嫌弃梁思成，而是日夜守候在病床边，帮着擦汗、翻身，并毅然决定和身残的思成走到一起。

　　"夫妻本是同林鸟，大难临头各自飞"，然而面对男友的不幸，林徽因的善良促成了梁、林间的姻缘，她的大善也成就了中国女建筑学家第一人的美誉。"你们真把古董给拆了，将来要后悔的！即使再把它恢复起来，充其量也只是假古董！"看到新中国成立后北京城的大肆改建，林徽因挺起单薄的身子发出母鸡护雏般的呐喊，竭尽所能地保护古建筑。

　　善心犹如柔软的麂皮擦亮了

她的心镜，善念就像压缩机不断给她充填战天斗地的勇气。林徽因是幸福的，她收获了美满的家庭；徽因是幸运的，她将自己站成了永恒的建筑艺术，而这一切皆源于根植于心的善良。

聪明就如秋高日，虽硕果满园，却暗含肃杀萧瑟，而善良恰似四月天，常不冷不热，总是温馨宜人。正如林徽因诗中描绘的那样："你是四月早天里的云烟，黄昏吹着风的软，星子在无意中闪，细雨点洒在花前。那轻，那娉婷你是，鲜妍百花的冠冕你戴着，你是天真，庄严，你是夜夜的月圆。"

（2017.5.22 星期一）

注：本文特为《三木秉枫六刊》供稿。

胸怀虚竹学无涯 腹有诗书章自华

昨天在一微信群里有人问：你写的东西，是文摘还是文章？我答：您说是什么就是什么。虽然没有正面回答他，但我对于写作还是有自己的一些体会。

"天下文章一大抄，就看你会抄不会抄。"这里的"抄"并非抄袭，而是可以根据立意需要进行借鉴，为自己的中心思想服务。作者就像裁缝，不必去种棉纺布，而是将不同材质不一样花色的布匹剪裁，再用针线把它们连缀成合身的衣服。有人说："徐志摩，浙江海宁人，中国著名新月派现代诗人、散文家，亦是著名武侠小说作家金庸的表兄。"我完全可以全部借用，何必非得换另外的说法？

但并不是说就可把别人的作品任意改头换面变成自己的文章，更不能仅将署名更换。文章和文摘是有很大区别的，文摘只是把报刊书籍中的文字摘录下来，并未做加工整理，就如一堆砖瓦随意码放在一起。而文章是作者头脑中已有要阐述的观点，然后去搜集佐证材料，好似泥瓦匠用水泥把零碎的建筑材料垒砌成坚固的砖墙一般。

人贵有神，文贵有意。文章要有意义，能给人以启迪收获，或似吃甜枣，或如服醒药；

微信微言 乐山乐水

173

■ 微信微言 乐山乐水

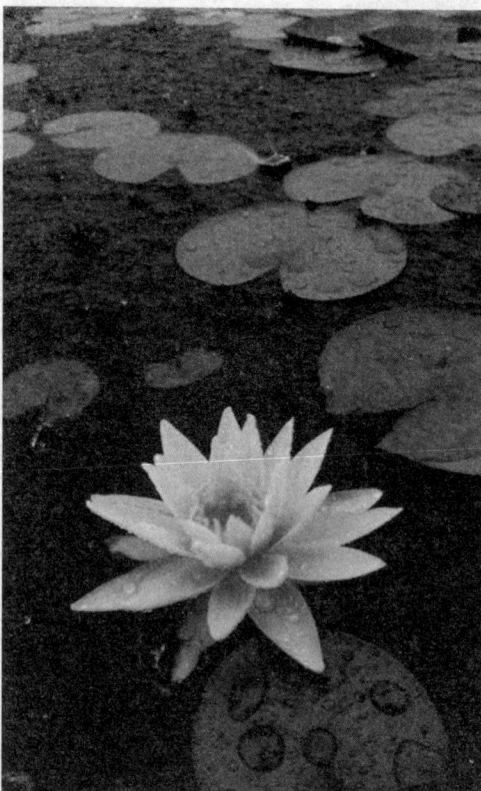

文章要有意境,可给人以美感享受,或诙谐幽默,或华美酣畅。同时好文不忌借,正如孔乙己所言:读书人窃书不能算偷。的确,适当地旁征博引可以使文章增色,也能让读者重温经典。

我尊重任何一位提出意见和批评的朋友,是他们及时指出我文字中的不足,才使自己在砥砺中不断提高,更能时刻让我保持清醒,避免头脑发热,忘乎所以。文字可摘,心不可歪;胸怀虚竹学无涯,腹有诗书章自华。

（2017.5.23 星期二）

注:本文特为《灵犀妙笔》供稿。

何问宇前宙后

屈原的《天问》通篇都是提问句式，全诗三百七十二句一千五百五十三字，对天文、地理、历史、哲学等许多方面提出了一百七十多个问题，开篇即问："曰遂古之初，谁传道之？上下未形，何由考之？"意思是："请问远古开始之时，是谁将此态流传导引？天地尚未成形之前，又是从哪里得以产生？"其实屈大夫是在追问宇和宙的来历。

战国之后千年的唐朝，柳宗元交上一张答卷《天对》："本始之茫，诞老者传焉。鸿灵幽纷，曷可言焉！"柳公认为：日月昼夜，交替运行，永不停息，宇宙从蒙昧混沌的状态变化发展产生万物，只是因为有"元气"存在的缘故。但柳子厚也未能给出宇之前为何形，宙之后是何态的答案。

空间曰宇，时间为宙，时间的开端在哪里？空间的初始又是怎样的？对时空的探索始终是人类的未解之谜，现代科技认为宇宙源于二百亿年前的大爆炸，那爆炸前有没有时间？爆炸前的物质形态为何样？没有人能说清，因为说不清能说清楚的前一刻，讲不明能讲明白的上一步。我们似乎在迷雾中摸索着前行，只能对走过的路、看到的景有个模糊印记。

探本溯源是人类技术进步的推手，然而好奇害死猫，屈原就是提出来"十万个为什么"也没关系，但千不该万不该在《天问》后面发出感慨："厥严不逢，帝何求？！"楚国的江河日下已经难以挽回了，我对上天还能再要求什么呢？这不是在让"天子"难堪吗？难怪他又被流放到偏远的不毛之地。

柳宗元所言无错，宇宙川流不息无边无沿，正如"元气"的聚散

微信微言 乐山乐水

离合无始无终,我们只不过是时空长河中的一叶浮萍,随波逐流,身不由己,随季异形荣枯在天,生死只是自然之天然,何必悲喜长驻心头,不如似庄周亡妻鼓盆而歌,欢唱未必不是一种哀悼。

《天问》问的是天,"天不言而四时行,地不语而百物生",遂古之初,谁传道之? 未道;上下未形,何由考之? 莫考。大概屈大夫闻此,愤懑之情便可随风而去,欣欣然在汨罗江上渔舟唱晚了吧。

（2017.5.24 星期三）

注:本文特为《盼枝花》供稿。

直难掩贪

每到粽叶飘香时节，人们总会忆起那位"举世皆浊我独清，众人皆醉我独醒"的屈大夫。屈原发此感慨，并非自视清高之文人墨客的狂言，而是面对残酷现实抒发的悲鸣。

战国时期，秦国最害怕的是齐、楚联合，秦王便派张仪游说楚怀王，许诺如果楚与齐绝交，秦将献出六百里土地给楚。屈原却极力主张楚齐联合抗秦，见小利而忘"大益"的楚王怎能听进他的直言，遂将他放逐荒蛮之地。

当怀王与齐国交恶后，兴冲冲地遣人去秦国索要大片赠地时，出尔反尔的张仪说答应的是给六里封地，气急败坏的楚王发誓要杀了这个骗子。但当张仪再次来楚国施展连横之术时，早已重金买通怀王身边的大臣和宠姬，最后全身退往秦国。而屈原苦口婆心的劝谏换来的却是再次被流放。

面对小人当道、国君昏聩的朝堂，屈原只有在"楚辞"中寻找慰藉。然而公元前278年，秦将白起攻破楚都，屈大夫见报国无门，遂作《怀沙》后投身汨罗江。但其身虽沉，其言犹在耳："路漫漫其修远兮，吾将上下而求索""长太息以掩涕兮，哀民生之多艰""亦余心之所

177

善兮,虽九死其犹未悔""吾不能变心以从俗兮,故将愁苦而终穷"。

　　喷香的粽子阻挡不了鱼蟹吞噬诗人的躯干，只是寄托了人们无限的崇敬。然而溺杀屈原的不是滔滔江水,应该是蚀人心智的贪婪。奸佞贪财便进谗言,国君贪功就远良臣,唯有耿直和忠心成了弃之恐近的"蔽履"。

　　战国之后小人与昏君继续上演着饮鸩止渴般的悲剧，更可悲的是少了屈大夫这样的耿直之士。在阴曹地府,面对难缠的小鬼和青面獠牙的阎王,屈原是不是会大呼:"举界皆暗我独明,众鬼皆贪我独廉。"

（2017.5.25 星期四）

注:本文特为《天地人杂志》供稿。

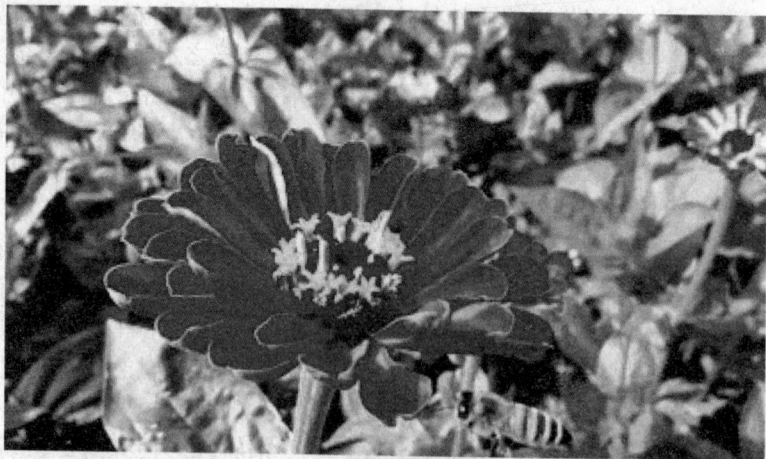

逍遥随己

常听朋友讲：特羡慕古往今来一些人逍遥自在的生活。那何为逍遥？

是陶渊明的"采菊东篱下，悠然见南山"的桃源仙境？还是李白的"兰陵美酒郁金香，玉碗盛来琥珀光"的酒脱？或是杜甫的"会当凌绝顶，一览众山小"的豪迈？抑或苏轼的"墙外行人，墙里佳人笑"的闲情？

要不就是现代人的有钱潇洒，开大奔，住别墅，拎 LV？或是有闲的随意，早上起床无人叫，晚上熬夜没人管，天天只嫌白昼长？或者是既有钱又有闲，抬腿便可北欧西非游，下午茶罢就搓麻，一晚输了三万八，连眼都不眨一眨？

但古人的闲情、闲暇或是闲心，都经不起时间的冲刷：多情总被无情恼，惹了个自作多情的尴尬；南山之下久居，最后是亲朋老死不相往来的孤寂；虽曾一览小众山，却也会茅屋为秋风所破；斗酒百篇的诗仙，最终落得贫病交加。

现代人的有钱和有闲同样会走入泥潭：猪壮膘厚，人富胆肥，一朝发迹便会花天酒地，把马路当成赛道，法拉利撞上大货车也和抟起的废纸没什么两样；闲得无聊就生烦，抱怨孩子不用功，嫌弃老公没出息，埋怨老婆花钱多，搅得家庭乌烟瘴气、鸡犬不宁。

大概道家对逍遥的解释最为准确，《庄子》开篇就是《逍遥游》："北冥有鱼，其名为鲲。鲲之大，不知其几千里也；化而为鸟，其名为鹏。鹏之背，不知其几千里也。"世上哪有这么大的鲲鹏，只不过是庄子要借此说明："至人无己，神人无功，圣人无名。"人们通过修炼可以达到忘我和不求功、不贪名的境界。

非宁静无以致远，非淡然无以脱烦，只有真正将名利置之度外，不以物喜，不以己悲，方能气定神闲、快活潇洒似神仙，逍遥便会如影随形般时刻伴你左右，何必艳羡他人。

（2017.5.25 星期四）

注：本文特为《学以致其道》供稿。

不比较无自卑

　　今天有朋友问:怎么样才能不自卑,而且能自信? 我说:远离比较。

　　自卑是觉得不如别人的自惭形秽:有的人感到没有同桌漂亮,有的人认为没有同事会来事;有的非常佩服侃侃而谈的话唠,有的特眼红能歌善舞的艺人;有人垂涎邻居家的法拉利,有人艳羡同乡的大别墅。

　　当别人的长处高过自己的头顶时,内心便会莫名地生出酸楚,慨叹时运不济,哀伤运气不佳。自卑就好似烧红的铁条一般,常常无意中触碰到柔软的肝肺,在"嗞嗞"声里将鲜肉烫出糊斑,并冒出一股刺鼻的腐臭味。

　　正是在比高低、较上下的衡量中,人们拉长了自己的短处,或技不如人,或富不过人,或名不及人,自然心生失落,暗自神伤。所以,盯人长就会总觉己短,在比较中终会遇到强者,不自觉里矮了人一头,说话的底气都泄了三分。

　　然而,尺有所短寸有所长,每个人都有自己的长处:我不漂亮但身强体壮,我不富有但知足常乐,我名气不大但平静安宁,我不善言但洞察秋毫。而且长短也是相对的,富人羡慕穷人无债的一身轻,名人渴望远离狗仔的片刻安宁,贵人期冀下台时能平安着陆。

　　不比较无自卑,在淡然中识人长、辨己短,在谦逊里采众强、壮己弱。当你登临山巅时,万事诸物就都好像缩了水般变得渺小,眼里只有风轻云淡,胸中唯有心平气和,自卑将会遁形,取而代之的便是自信。

　　　　　　　　　　　　　　　　（2017.5.26 星期五）

　　注:本文特为《驿蓝巴马》供稿。

180

天若有情天亦老
地如无悔地长青

　　许多人认为"天若有情天亦老"出自唐代李贺的诗《金铜仙人辞汉歌》，其实这句话在古时就早已闻名，并引来很多文人雅士以此为上联做对子，其中大家公认宋朝的石曼卿写得最好：天若有情天亦老，月如无恨月长圆。我觉得对"地如无悔地长青"可能更有意蕴吧。

　　"情"字是人们亘古不变的话题，也是文人骚客们舞文弄墨的永恒主题。苏东坡的"多情却被无情恼"满含暗自留情的失落，刘禹锡的"道是无晴却有晴"见景生情，晏殊的"无情不似多情苦"写尽相思的凄楚。而纳兰性德的"人到情多情转薄，而今真个悔多情"，将"悔"与"情"紧紧地联结到了一起。

　　情尽悔当初，缘分已远走，必然言分手，最悔的莫过于何必曾相逢；情深悔见晚，朝辞大路口，晚迎小巷头，最悔的大概是不能朝暮相守。情浅情深总关"悔"，就如股海沉浮中，上涨时怨抛早了，下跌时恨跑晚了。

　　如果心无可悔，大概就能情短却浓，或者是情长且绵。爱至不悔无长短，情到不怨无浓淡，怎一个悔字了得，却道是：天若有情天亦老，地如无悔地长青。

　　（2017.5.27 星期六）

　　注：本文特为《艺笋》供稿。

微信微言　乐山乐水

竹非花而为花

　　梅、兰、竹、菊被誉为"花中四君子"，我常疑惑：这竹并非花，为何位列其中？我为此咨询过几位朋友，有人说：竹子也有花！查阅资料便知，竹子只有在环境条件恶劣时它才会开花，而且开过后多半会死掉，所以人们认为这事不吉利。我的疑虑并未打消，只是开始留意咏竹的诗句。

　　"绿竹半含箨，新梢才出墙。雨洗娟娟净，风吹细细香。"杜甫把竹的婆娑之态、摇曳之姿呈现在世人面前；"宁可食无肉，不可居无竹。无肉令人瘦，无竹令人俗。"苏轼的诗虽通俗，却描绘出竹之高雅；"生挺凌云节，飘摇仍自持。朔风常凛冽，秋气不离披。"康有为应该是在借竹言志了。

　　郑板桥对百节长青之竹更是一往情深，不仅画竹、养竹，而且写竹的诗句就有一大箩筐："举世爱栽花，老夫只栽竹，霜雪满庭除，洒然照新绿。""一片绿荫如洗，护竹何劳荆杞？仍将竹作笆篱，求人不如求己。""我有胸中十万竿，一时飞作淋漓墨。为凤为龙上九天，染遍云霞看新绿。"

　　"一节复一节，千枝攒万叶。我自不开花，免撩蜂与蝶。"郑燮的这首诗让我茅塞顿开，原来：竹子虚心坚韧、高风亮节，不正是自强不息、清华其外、淡泊其中、不做媚世的君子品行的代表吗？四君子岂能无它！

　　清风弄竹，不摇生步；碎影剪路，钓云擎柱。无花形而不输花姿，无花粉而不逊花香，竹实乃非花而为花也！

（2017.5.28 星期日）

　　注：本文特为《桃花源间》供稿。

再思可行

　　我们在劝人做事之前要多考虑不能鲁莽时，常说"三思而后行"。这个成语出自《论语·公冶长》："季文子三思而后行。子闻之曰：再，斯可矣！"意思是：季文子做事前总是思虑再三，孔子听到后说，想两次就行了，别考虑太多。

　　孔夫子的话极对。凡事不考虑周全就仓促付诸行动，往往会失之草率，或中途不幸夭折，或结局有悖初心。但过多谋划就会与机遇失之交臂，或者在优柔寡断中将信心丧失殆尽。看来，孔子的精彩观点被埋没了。

　　为什么古人的"金句"没有流传，而作为铺垫的前缀反倒变为了成语？盖因后人断章取义之故，古为今用、洋为中用的核心便是以我为中心画圆，利于我的圈进来，不利的绕过去，最后很难说画的还是不是圆。

　　"实用主义"与"现实主义"的结合就会孕育出功利思想的怪胎，遇事先考虑是否有利可图，逢人先想想对我是否有用，空气中弥散的都是铜臭味，自来水里流淌的都含铁锈色，我们时时担心被人诈骗，常常琢磨着如何以小搏大，这就难怪要"三思而后行"了。

　　成语无错，错就错在现代人发明了遮阳伞、变色镜，可以滤掉有害自己的光线，但却忘了只有红、橙、黄、绿、青、蓝、紫的七色光才能组成天然的白色。再思虽少但是纯粹，三思虽周密却失了原汁原味。

（2017.5.29 星期一）

注：本文特为《淡味茶》供稿。

微信微言　乐山乐水

遗憾空留

昨天惊悉"博乐斋"微信群里的陈五一于5月26日在"西汉高速"遇车祸不幸罹难,我虽与他交往甚少,但回首往事仍觉历历在目。

我和陈五一只在十年前因工作关系有过一面之交,依稀记得他是七零后,很健谈,待人非常热情,相互留了电话,其后就很少联系。2013年我有了微信,搜通讯录加他为好友,2015年建"博乐斋"群时,他又成为第一批"会员"。

我每有短文发送到朋友圈,他都点赞支持,给了我莫大鼓舞,感觉似老朋友在为自己鼓掌叫好一般,甚是感激。我的"微信微言(2015年集)"刊印出来后,特意将"第五十一号"赠他,他连表谢意。

我们相识虽多年,但从未深聊,初识时他还是一国企中干,后听说升任了公司副总。我曾想寄语道贺,但恐失唐突,又怕有趋炎之嫌,便作罢。没想到他竟遇此横祸,我也没了表达祝贺的机会。

谁也不能保证自己一定可以看到明天的太阳,想说的话就要张开嘴大喊出来。无论是爱意,还是感动,或是愤懑,那蹦出的词语便会如落地的钢珠般"叮叮当当"作响,倾泻出或悦耳的柔情,或暖心的感恩,或刺耳的讥讽,但都会不留一丝懊悔。

人生如登山,人们都努力向山巅进发,有人顺利登顶善终,有人中途失足跌落山崖,扼腕叹息失去的伙伴时,让我们更加珍惜每一次擦肩,当别人给你个笑脸,别忘了回他声"您好",问候不仅暖了彼此的心,也可照亮双方脚下的坎坷。

亏欠陈五一的祝贺似成了我的心结,解之唯有深深的祈福:愿"天路"宽阔笔直没有危险,愿天堂少有顾虑不留遗憾!

(2017.6.1 星期四)

物非人是 尘不惹埃

"菩提本无树,明镜亦非台;本来无一物,何处惹尘埃!"此偈出自禅宗实际创始人六祖惠能的禅悟之言。惠能是唐代岭南新州(今广东新兴县)人,与孔子、老子被称为"东方三大圣人",欧洲则将其列为"世界十大思想家"之列。

相传惠能幼时家境贫寒,无钱读书,所以不识字。曾有人质问他:"字尚不识,焉能会义?"惠能回答说:"诸佛妙理,非关文字。"在禅宗看来,字只是皮相,是外在的东西,表达禅意不需要依靠它。这让我想起《西游记》中的一个场景。

唐僧师徒四人历经磨难到达西天后,如来吩咐阿傩、伽叶三尊者挑些经书给他们,没想到二人竟索要师徒随身值钱之物,未达目的就用无字白纸打发四人,被古佛点破后孙悟空大怒,去找如来理论,佛祖解释说:"白本者,乃无字真经,倒也是好的。"后念及"东土众生,愚迷不悟",才传予他们有字经卷。

前天的一件事也让我感触颇深。一位老汉在公园里写"地书",但见他左手攥一皱皱巴巴的纸条,右手执巨笔在水泥路上龙飞凤舞,字字遒劲,很有大家风范。我疑惑地问他为什么要拿张字条,他笑笑答道:"我是个农民,小学没念完。好多字不认得,是为了提个醒!"我不禁愕然,但更多的是赞叹。

惠能精通佛法,如来推崇无字经,老汉书法精妙,非文字之功,乃心之至、道之通也。学识、功名都只不过是披在我们身上的外套,光鲜亮丽闪亮的是别人的眼睛,能神清气爽的只有内心的沉静。正可谓:眼无菩提,心空镜台;物非人是,尘不惹埃。

(2017.6.2 星期五)

注:本文特为《学以致其道》供稿。

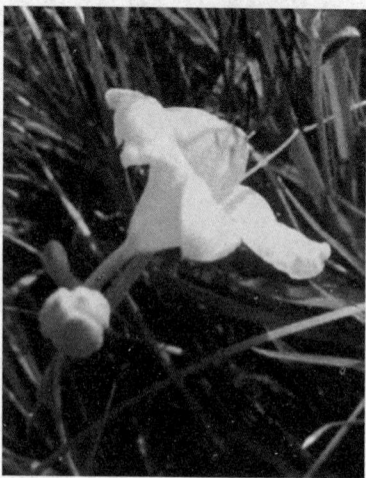

时运不济非天妒
命运多舛为人铸

　　"层峦耸翠，上出重霄；飞阁流丹，下临无地。""落霞与孤鹜齐飞，秋水共长天一色。""时运不济，命运多舛。冯唐易老，李广难封。"字字珠玑、句句生辉的《滕王阁序》将滕王阁推向"江南三大名楼"之首。

　　诗序作者王勃位列"初唐四杰"第一，他自幼聪敏好学，六岁即能写文章，文笔流畅，被赞为"神童"；十六岁时，应幽素科试及第，授职朝散郎；二十七岁时不幸渡海溺水，惊悸而死。其短暂而璀璨的一生令人扼腕叹息，果真是由于天妒英才吗？

　　王勃虽才气过人，但经历坎坷。他在沛王府时，因"不识好歹"写了篇《檄英王鸡》，有挑拨离间诸位王子之嫌，被唐高宗怒逐出府；后在虢州参军任上与同僚的关系搞得很僵，因杀官奴被告入狱，险些送命；王勃之父受儿子牵连被发配交趾，勃深感有愧，前去探望，没想到途遇不测而亡。

　　纵观王勃的几起几落，无不与其年少轻狂、恃才傲物有关。他的斗鸡檄文虽被纨绔子弟们盛传，却忘了皇家忌讳；《滕王阁序》虽精彩，但搅了宴会主人想让自己女婿出彩的局；一时糊涂杀人，连累老父亲从雍州司户参军被贬为交趾令。

　　天有不公但不嫉才，往往是英才忘了天有多高地有多厚。才高八斗之士常常会目空一切，自命非凡中疏远了尘世，也便趋近了天国。王勃只看到了冯唐易老、李广难封，却没能仔细分析一下自己不得志的根源，应是源于：时运不济非天妒，命运多舛为人铸吧。

（2017.6.3 星期六）

　　注：本文特为《盼枝花》供稿。

谈笑笑谈化云烟

一提到吃的"丸子",人们马上会联想到或荤或素的圆球,然而"南煎丸子"却是扁若象棋子。相传它因源自河北满城县的南奇村而得名,曾是一道直隶官府菜,据说,袁世凯任直隶总督的时候,为避讳"袁"字,所以将原来球形的丸子做成了扁状。

关于袁世凯忌讳的传说还有许多,其中流传较广的是:袁世凯想复辟登基当皇帝,但又怕人民反对,终日提心吊胆。一天,他听到街上卖元宵的人拉长了声调在喊:"元——宵——"他觉得"元宵"乃"袁消"谐音,这不是要消灭他袁世凯吗?袁大头十分恼火地下令:从1913年的正月十五起,元宵这种食品只能称"汤圆"或"粉果"。过后,有人写诗讥讽道:"诗吟圆了溯前朝,蒸化熟时水上漂;洪宪当年传禁令,沿街不许喊元宵。"

禁令没能阻止人们继续高声叫卖"元宵",倒是做了八十三天皇帝的袁世凯被迫下了台,不久因尿毒症一命呜呼。南煎丸子因在煎制过程中用手勺压扁,汤汁更加入味而变得鲜香可口,其形状便固定下来。看来历史就像一面大筛子,会去粗取精,有选择地进行传承。

两种美食因为有了传说而多了文化内涵,人们在品尝美味的同时,也可咀嚼一下坊间美谈,可谓一举两得。丸子本圆强摁扁,元宵无辜改汤圆。大头头大欲遮天,谈笑笑谈化云烟。

(2017.6.4 星期日)

注:本文特为《直隶尚书房》供稿。

恩不图报

常言道：多个朋友多条路。然而，朋友多了也未必就是好事，且不说有饭局来得最齐、遇事跑得最急的酒友，或是用人朝前不用人朝后的损友，抑或是盯你钱财图你权势的奸友，单是对你有恩的人有时也令人不胜其累。

这种人常常把对你的好挂在嘴边：要不是当年我给你辅导功课，你哪会考上大学有今天的出息；要不是那次我千方百计给你筹措资金，你的公司早就关门了；要不是我及时把你送医院，你早就见阎王了。仿佛他就是你的救星，是你的再生爹娘一般。

滴水之恩当涌泉相报，知恩图报是做人的底线，但当报恩成为利滚利的分期付款时，每个人都会觉得窝火，好似被人强摁着头不住大声喊"大恩人呀，谢谢啊！"虽不情愿，但又不敢争辩，否则就会让人指着鼻子尖骂道：忘恩负义，没良心的东西！

究其原因，"施恩图报"方是病根。有人每做件利人之事，都会在心里盘算一下自己可能获得的好处，就如炒股似的，期待着立竿见影的收益，或者放长线等待年底分红。交友便成了投资，甚或是举起道德的板砖将朋友敲打成自动取款机。

朋友多了，的确路就会广，但如果是引你步入深沟的歧途，要他何用。一味图报最终会将施恩变为施暴，把友情变异为获取利益的套马索，所谓的朋友只是互惠互利的筹码而已。但愿友情是春雨无声润苗，但愿弱水三千不取一瓢、朋友八百勿图一报。

（2017.6.5 星期一）

注：本为特为《澜亭诗社》供稿。

心满贤妻 目空秀色

"曾经沧海难为水,除却巫山不是云"这千古传诵的佳句,是唐朝诗人元稹为悼念亡妻韦丛而作,其文美轮美奂,其情催人泪下。实际上元稹在娶韦丛之前还有位红粉知己,她就是"崔莺莺"。

唐贞元十五年(799年),元稹到蒲州任小职,与其母系远亲崔姓之少女莺莺恋爱,她虽才貌双全,而且家中富有,但毕竟没有权势,求官心切的元稹权衡再三,最后还是娶了京兆尹之女韦丛。也许是受良心的谴责,很多年以后,元稹以自己的初恋为原型,创作了传奇小说《莺莺传》,即后来《西厢记》的前身。

他们婚后,新娘没有丝毫大家闺秀的娇柔,而是尽自己最大的努力去关心和体贴丈夫,对于生活的贫瘠,淡然处之,两人的生活幸福美满。不幸的是七年后,韦丛因病去世,悲痛欲绝的元稹在下葬那天连写三首悼念忘妻的诗,这就是久负盛名的《三遣悲怀》。

虽然元稹对结婚的选择有仕途的考量,但并未影响夫妻和睦,正如以前的包办婚姻照样有许多举案齐眉的和美,战争年代组织给安排的"共同生活"同样和谐。从元稹重情重义的表现来看,如果当年是和"莺莺"结合,大概他们照例会相敬如宾。

开始的抉择对家庭的稳定固然重要,过程中感情的培养和投入更为关键。元稹曾多地为官,所见美女应该如云,比沧海巫山更壮美的景色理应司空见惯,之所以难为水、不是云,大概是因为心满贤妻,便目空秀色了吧。

(2017.6.6 星期二)

注:本文特为《诗人思归》供稿。未用。

微信微言 乐山乐水

天下非寡真爱
少相守诚心也

　　成语"子虚乌有"源于《子虚赋》，作者是汉朝文学家司马长卿，因其仰慕战国名相蔺相如而更名为司马相如。相如家贫，但文采飞扬，蜀地临邛富豪之女卓文君早已仰慕其才，当相如应邀到卓家作客时，弹奏的《凤求凰》更是俘获了美女的芳心。卓文君不顾父亲阻拦与相如私奔，两人开酒馆清贫度日，相濡以沫，感情甚笃。

　　后来司马相如得到汉武帝赏识，官运亨通，春风得意，对结发妻子渐生弃意，卓文君含悲作《怨郎诗》："一别之后，二地相悬。只说三四月，又谁知五六年。七弦琴不可弹，八行书无可传，九连环从中折断，十里长亭望眼欲穿。百思想，千系念，万般无奈把郎怨。"相如感念旧情，遂生悔意。

　　几年后，司马相如欲纳妾，卓文君又作《白头吟》："皑如山上雪，皎若云间月。闻君有两意，故来相决绝。""凄凄复凄凄，嫁娶不须啼。愿得一心人，白头不相离。"相如大为感动，想起往昔恩爱，打消了纳妾的念头，此后不久便回归故里，与文君朝暮厮守，恩爱

终老。

纵观古今中外的爱情故事和传说，大多不切实际：罗密欧与朱丽叶隔得太远，梁山伯同祝英台传得太玄，牛郎和织女讲得太虚，唯有司马相如和卓文君的故事打动人心，因为文君最令人钦佩：敢于冲破世俗与心上人私奔，其勇可嘉；舍弃锦衣玉食嫁入寒门，其善可颂；夫生二意含痛相劝，其情可叹；华章锦句连篇，其才可赞。

如果说成就司马相如"辞宗""赋圣"美誉的是"子虚"和"乌有"先生，那铸就传颂千年爱情诗篇的便是卓文君"白头不相离"的誓言。才子常有，而痴情女不常有，多才的痴情女更是难寻。呜呼！天下非寡真爱，少相守诚心也。

（2017.6.7 星期三）

注：本文特为《三木秉枫六刊》供稿。

微信微言　乐山乐水

191

金榜题名心静凉 名落孙山泪不伤

"一夕九起嗟，梦短不到家。两度长安陌，空将泪见花。"这是唐代诗人孟郊屡考不中后写下的《再下第》，抑郁之情无以复加，后来他终于登榜，又作《登科后》："昔日龌龊不足夸，今朝放荡思无涯。春风得意马蹄疾，一日看尽长安花。"兴奋之情溢于言表。

从隋朝建立科举制度，到1905年光绪皇帝颁布谕旨废止，延续一千三百多年的旧式"国考"最终寿终正寝，然而期间的悲欢离合故事和传说绵延不断。张生与崔莺莺、梁山伯和祝英台无不是在求学赶考中擦出爱的火花，范进中举喜极而疯，陈世美及第后负心抛妻，名落孙山外的同乡怅然若失，无数人的命运随着一纸榜单跌宕起伏。

学而优则仕是众多学子的梦想，就犹如魔法棒般改变了芸芸众生的人生轨迹。李白因出身商贾无缘应试，只好云游四海，喝酒吟诗，粪土万户侯；李贺为避讳父名无法应考，郁闷感伤的他二十七岁便英年早逝，成了一代"诗鬼"；蒲松龄一生屡试不第，贫困潦倒，只得

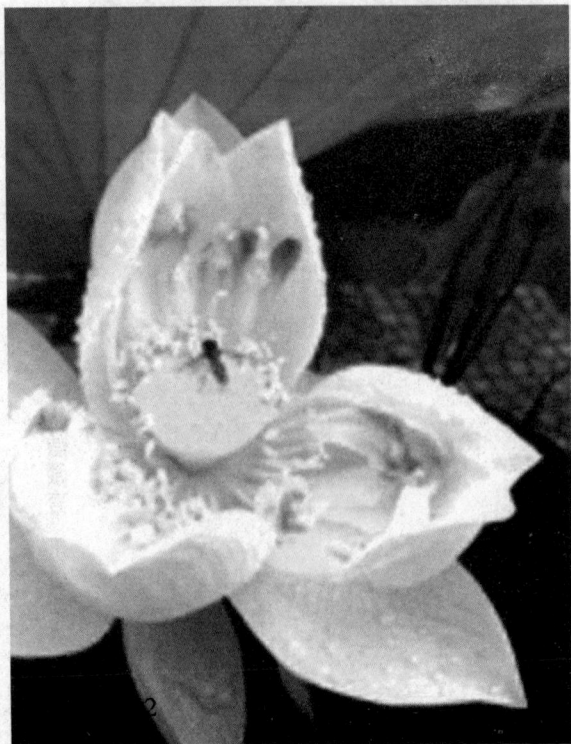

教私塾养家糊口。

科举虽是千人恨万人怨，但毕竟给贫寒之士架起了一座通往荣华富贵的浮桥，"书中自有黄金屋，书中自有颜如玉"，便成为激励读书人战寒斗暑的核动力。金榜题名的幸运儿们也的确大多不负众望，历史上的五百多位状元郎中不乏名士，像诗人王维、书法家柳公权、"留取丹心"的文天祥、光绪皇帝的老师翁同龢，可谓群星闪耀。

假如李白能参加科考，榜上有名为官后，绝不敢让高力士为其脱靴，更会少了许多千古名句；如果蒲松龄中举，估计也难有心思摆茶摊写《聊斋》吧。同样，隋朝如继续采用汉代"举孝廉"的察举制，只会培植出一帮假惺惺的孝子贤孙，历代朝廷怎会搜罗到天下饱学之士。科举，兴必有因，废亦有源，非后世之人可以妄断。

春风得意"走马观花"的孟郊肯定连梦游也想不到千年后的今天，仍有万千考生在"一夕十声叹"，只是他们学而优也难为仕了。但愿莘莘学子"大限"过后能看淡结果，保持一份好的心态，做到：金榜题名心静凉，名落孙山泪不伤。

（2017.6.7 星期三）

注：本文特为《温馨微语》供稿。

不愁四时无飞红 心花怒放一年同

"春有百花秋有月,夏有凉风冬有雪,若无闲事挂心头,便是人间好时节。"这是南宋无门慧开禅师撰的《无门关》中的诗偈,高僧用通俗的语言阐释了深奥的禅意:平常心即是道。

的确,美景在天造,更在心为。如果整天为加班费奔波,为还房贷奔忙;为孩子入学操心,为儿女婚事操劳;为晋级高升拼搏,为名声荣誉拼命,满脑子都是得与失的权衡、进和退的考量、利同弊的比较,哪还会有心思欣赏风花雪月?

同时,春花秋月,夏风冬雪,这如画的四季尽管怡人,但也难掩缺憾:春花虽美却红不过百日,秋月虽明然夜寒渐侵骨,夏风虽凉但易罹患伤寒,冬雪虽美可化泥路难行。所以赏景,其实是在赏心,心无缺则景圆,心无憾即景满。

"菊花开处乃重阳,凉天佳月即中秋",苏东坡一语道破:节在平常。菊花开了就当是重阳到,天凉月圆便可过中秋,何必要等那固定的某时某刻,到时可能还没了心境。苏轼的诗句与佛门偈语是殊途同归呀。

大道崇简,好节尚闲,佛家修行就在吃饭睡觉日常中,佳节欢庆即在气定神闲间。闲心闲趣源自淡然不强求的心态,出于浩然无妄求的胸怀,有此心胸便不难做到:不愁四时无飞红,心花怒放一年同。

（2017.6.8 星期四）

注:本文特为《盼枝花》供稿。

自知在左 自重于右 自强不息

　　成语"自强不息"源于《周易·乾》："天行健,君子以自强不息。"意为:君子应该像天宇一样运行不停,即使颠沛流离,也要不屈不挠。

　　天有不测风云,人有旦夕祸福,风云际会的天空就犹如跌宕起伏的人生。每个人的经历都不会一帆风顺,总是在或求学或求职或求婚的过程中,遭遇不顺心不如意,有时还可能是痛彻心扉的折磨。在不幸面前,祈求上天保佑肯定是徒劳,唯一可依赖的只有自己,可以仰仗的只有自强不息的意志品行。

　　自强始于自知。人贵有自知之明,《老子》中说:知人者智,自知者明。夜降临,静静地平躺在床上,我们缓缓收拢思维,仿佛进入禅定般慢慢条分缕析自我,便会发现自己原来还有许多优点:如聪明、如仁义、如豁达、如勤勉,内心便会陡然间信心满满,所有的挫折便像绑在身上的纸绳一样,稍用力就能挣脱。

　　自强终于自重。坚韧不拔、百折不挠之人定会有所成就,面对鲜花和掌声,能够头不晕、眼不花,靠的是一股定力,这便是自重。自重是根植于心性的德行,或是不趋炎附势,或是不得意忘形,或是不骄奢淫逸,或是不狂妄自大,它就如汽车底盘般越沉,车子才能跑得越稳。

■ 微信微言　乐山乐水

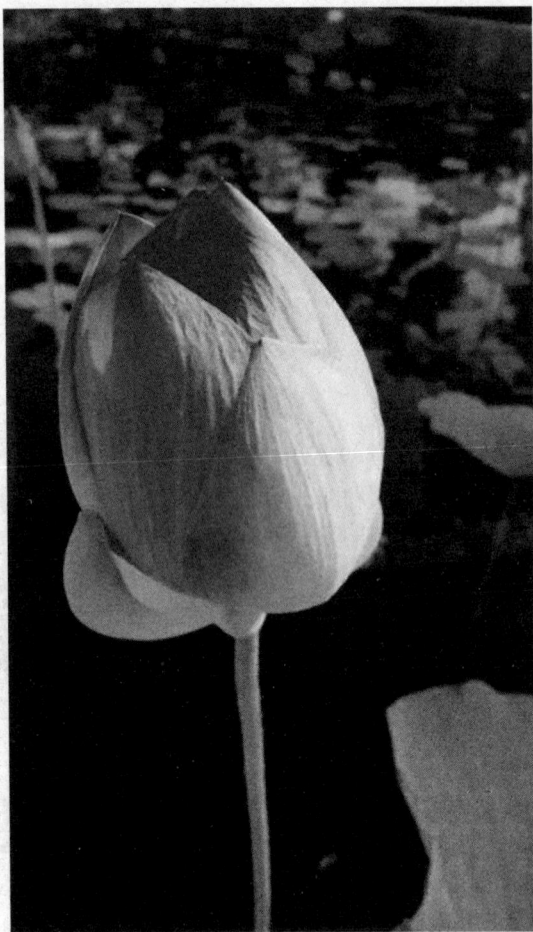

自知在左，自重于右，自强之躯才会稳稳地屹立，才能在自信中赢得自尊，在天宇变幻无常里保有一份持重与稳健。自知添柴，自重鼓风，自强之火就会熠熠生辉而不熄。

（2017.6.9 星期五）

注：本文特为《学以致其道》供稿。

别离悟道

"长亭外,古道边,芳草碧连天。晚风拂柳笛声残,夕阳山外山。天之涯,地之角,知交半零落;一瓢浊酒尽余欢,今宵别梦寒。"优美的曲调,典雅的歌词,让人如坠依依惜别的场景之中,这是李叔同于1915年在杭州第一师范任教时填词的《送别》曲。

李叔同(1880~1942)担任过教师、编辑之职,后剃度为僧,被人尊称为弘一法师。他是中国新文化运动的前驱,卓越的艺术家、教育家、思想家、革新家,是我国近现代佛教史上杰出的高僧,也是国际上声誉甚高的知名人士。张爱玲曾说:"不要认为我是个高傲的人,我从来不是的,至少,在弘一法师寺院转围墙外面,我是如此的谦卑。"

送别题材的诗词可谓俯拾皆是,如李白的:"浮云游子意,落日故人情。"王维的:"劝君更进一杯酒,西出阳关无故人。"王勃的:"海内存知己,天涯若比邻。"白居易的:"又送王孙去,萋萋满别情。"王昌龄的:"洛阳亲友如相问,一片冰心在玉壶。"都是千古流传的名句,但皆满含惜别之情,总叫人感伤。

然而李叔同的长亭古道、芳草柳笛、晚风夕阳的轻歌曼唱,仿佛在人们面前徐徐展开了一轴空灵隽永的画卷,令人顿悟生命易逝、知己难长,大有看破红尘的觉悟,这大概是李叔同即将告别凡尘、弃世出家的"前奏曲"。

言由心生,李叔同的丽词佳句肯定源于他四大皆空的佛性,在打坐诵经中体悟送别,在挥手告别时感悟禅意,便使他的词曲别具一格。在"长亭外,古道边,芳草碧连天"的吟唱中,弘一法师似是高坐云端唱喏道:人生难得是欢聚,唯有别离多。

(2017.6.10 星期六)

注:本文特为《淡味茶》供稿。

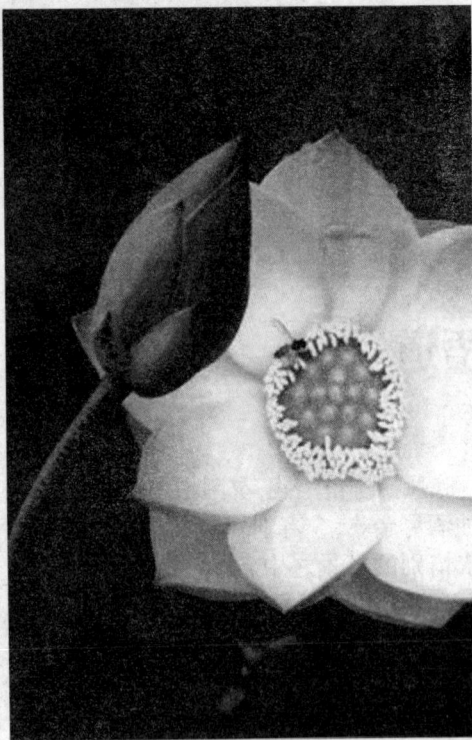

举德齐眉
其爱方远

"举案齐眉"出自汉代梁鸿和孟光的故事:每当梁鸿干完农活回家时,妻子孟光就托着放有饭菜的盘子,恭恭敬敬地送到他面前,为了表示对丈夫的尊敬,孟光总是把盘子举得跟眉毛齐平,丈夫也彬彬有礼地用双手接过去。这个成语形容夫妻相互尊敬,很有礼貌,十分平等。

其实真正让他们夫妻相濡以沫的是彼此的敬重。梁鸿,字伯鸾,家贫但好学,为人敦厚老实,富家女孟光仰慕其人品,发誓非梁伯鸾不嫁。据《后汉书》记载:孟光"状肥丑而黑,力举石臼"。虽然她貌丑,但十分贤惠,吃苦耐劳,令梁鸿非常敬佩。两人隐居穷乡僻壤,然而日子过得幸福美满。

决定夫妻能够长相厮守的,除了必要的物质基础,更重要的是相互间的吸引。女人看重男人的才华以外,更多的是其诚实顾家、肯担当的责任感;男人喜欢女人的美貌之外,更多的是其通情达理、温柔贤惠的女人味儿。两方正如磁铁的正负极,引力越大,结合得才越牢。

梁鸿和孟光算不上郎才女貌,但肯定是模范夫妻。孟光举起的不是吃饭的案板,而是彼此德行的天平,不是相敬如宾的客套,而是发自内心的爱慕,可谓是:举德齐眉,其爱方远。

（2017.6.11 星期日）

注:本文特为《邺城文学》供稿。

云起水无穷

王维,字摩诘,早年信道,后因社会动乱备受打击而彻底禅化,外号"诗佛"。他的诗大多空灵超脱,富含禅意,如:"返景入深林,复照青苔上""深林人不知,明月来相照""明月松间照,清泉石上流",静谧的景色将人们带到入定的意境。

我特别喜欢他的《终南别业》:"中岁颇好道,晚家南山陲。兴来每独往,胜事空自知。行到水穷处,坐看云起时。偶然值林叟,谈笑无还期。"作者描绘了退隐后自得其乐的闲适情趣,其中一景便是:当他走到山穷水尽时,坐下仰头观看云蒸霞蔚,其心情豁然开朗了。

王摩诘的诗句很好地诠释了"穷尽"与"源起"的关系,对我们看待人生路上的挫折和遭遇大有裨益。开车有遇上断头路时的懊恼,仕途上有久居一职无法突破的郁闷,生意场有被人暗算受损的愤怒,家庭中有互相猜忌的羞辱,我们面前似乎竖起了一堵高墙,前景一片暗淡,绝望好像巨石般压在心头。

然而,当你放松心情,抬眼望远时,事情便没有那么糟糕:走不通的路能够返回来,赔的钱可以再挣,何必跟死物较量;没机会高升,想想还有许多人觊觎你现在的位置,何必与自己较劲;为什么要把亲人当钱包一样紧紧捂着,生怕别人觊觎,何必和家人较真!

王维在恬淡的田园生活中,悟出:云起化雨,水焉有穷。绝望就像电影布上的恶魔,当剧场的大灯亮起时,它就逃遁得无影无踪,点燃心灯,希望便会照亮前路,可怖的黑影只好躲到远处唬人。

(2017.6.12 星期一)

注:本文特为《温馨微语》供稿。

199

慕君子而近荷莲

古人赞美荷叶莲花的诗句很多，如杨万里的"小荷才露尖尖角，早有蜻蜓立上头""接天莲叶无穷碧，映日荷花别样红"；王昌龄的"荷叶罗裙一色裁，芙蓉向脸两边开"；欧阳修的"池面风来波潋潋，波间露下叶田田"；李商隐的"唯有绿荷红菡萏，卷舒开合任天真"，而最有名的当属《爱莲说》：

"予独爱莲之出淤泥而不染，濯清涟而不妖，中通外直，不蔓不枝，香远益清，亭亭净植，可远观而不可亵玩焉。"周敦颐不仅用素描手法简练地绘出了莲之形、荷之姿，更是将其不染不妖之品精准地概括出来，所以他说："莲，花之君子者也。"儒家理学思想鼻祖的周敦颐如此盛赞莲，多是为了自喻。

从周敦颐对莲的刻画中不难看出他心目中的君子形象：不染，需洁身自好；不妖，应稳重自持；不枝，要逍遥自在；不亵玩，当凛然自若。他的品行的确如其所喻：从小信古好义，"以名节自砥砺"，平生不慕钱财，爱谈名理，秉持"君子以道充为贵，身安为富"。

如此说来君子也是"富、贵"之人，但不是家财万贯或位高权重，而是学富五车，明理识道，不为五斗米折腰讨嗟来之食，不消极避世独善其身，在滚滚红尘中守一田翠绿、燃一盏玉烛，清清然不泥，灼灼然不疲。

据说，经过引进和人工培植，现在国内已有三百多个莲花品种，每到仲夏季节，成群结队的人们便涌进公园和藕塘边，或赏花或拍照，场景盛况空前。只是不知有多少人是因为慕君子而近荷莲的？

（2017.6.13 星期二）

注：本文特为《学以致其道》供稿。

200

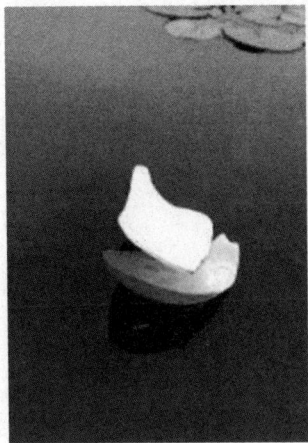

成伴白头无等上流

国学大师陈寅恪（1890.7~1969.10）曾将爱情分为五等：一等是爱上陌生人，便可以为之死，"世无其人"；二等是彼此相爱并素有往来而不上床；三等是上一次床而止，终生念念不忘；四等是"夫妇终身而无外遇者"；五等是随便乱上床唯欲是图。

其实这只是陈寅恪1919年在哈佛大学时与几个单身的戏谑之语，而他的爱情却很难按其所说归类。当三十六岁的"大叔"寅恪遇到小自己八岁的才女唐篔时，爱情之火便将他们烧结在了一起，但这位"近三百年来一人而已"的大先生，壮年盲目，暮年膑足，颠沛流离，受尽波折，幸运的是，有知书达理的妻子始终不离不弃陪伴在身边，与他同呼吸共命运。

崇尚"独立之精神，自由之思想"的陈寅恪在"文革"中自然首当其冲地遭受打击，在残酷的折磨中他的身体每况愈下。1969年他自感时日不多，便预写挽联："涕泣对牛衣，册载都成肠断史；废残难豹隐，九泉稍待眼枯人。"此联写就一个多月后，夫妇两人相继辞世。

按照陈寅恪的爱情分类，他和妻子唐篔好像只能算四等，但他们在柴米油盐间共享人间烟火，感人至深。结婚二十八周年纪念日那天，寅恪曾赋诗赠夫人："同梦忽忽廿八秋，也同欢乐也同愁，侏儒方朔惧休说，一笑妆成伴白头。"这一对患难夫妻情深义重刻骨铭心的爱情，应该超出了五等之分。

想给爱分类的人，应该都是未尝爱情酸甜苦辣之士，爱之深往往恨之切，爱之厚常常酸之彻，爱恨情仇怎么可能简单地只分几类，正如幼稚地将几十亿人的命运用十二个星座来划分一样。陈唐之爱，共乐同愁，成伴白头，当属等上流。

（2017.6.14 星期三）

注：本文特为《盼枝花》供稿。

一分勤勉一世功

早起不仅是一种生活习惯,更是一种修炼。晚清重臣曾国藩在家书中曾告诫弟弟"要想去掉'惰'字,以早起床为第一要义",并将"居家以不晏起"列为修身养性的"八本"之一。他每天凌晨三点前起床,习字读经作诗文,二十年如一日,坚持不辍,最终成为一代宗师。

早起不但可以强身健体,还能创造奇迹。蒋介石对曾国藩顶礼膜拜,一生模仿曾文正公的为人做事,自然早起也成了他的效法对象。胡宗南在黄埔军校表现平平,但他颇有心计,当发现蒋校长每天早上晨练时,他便天天起得更早去练操,果然引起蒋介石注意,很快被重点培养。

早起虽是形式,然而从中可以看出一个人的意志品行。曾国藩早年也是恋床之人,为克服这一毛病,他让其弟进行监督,慢慢改变习惯,且悟出:"勤字功夫,第一贵早起,第二贵有恒。"曾公并将自己所得树成家风加以传承,荫泽后世子孙。

蒋介石年轻时也是个风尘浪子,他后来努力,以儒家的道德修养规范自己,致力于"存天理,去人欲"。西方史学界对蒋中正的普遍看法是"律己甚严""生活节俭",有"钢铁般决心"和"不屈不挠的精神"。这从"委员长"每日持之以恒的早起中,也可窥见一斑。

早起的鸟儿有虫吃,胡宗南投"校长"之好,得到重用提拔,虽是投机取巧,但也算是用心良苦的回报吧。"早"与"勤"相连便会成就才干,"早"和"恒"相合就能铸就辉煌,一分早起一份恒,一分勤勉一世功。

(2017.6.15 星期四)

背影化泪

"我与父亲不相见已二年余了，我最不能忘记的是他的背影"，这是朱自清散文《背影》的开端，文章记述了作者的父亲在南京浦口车站送别自己时的情形，其中最感人的是老人穿过铁路给儿子买水果的描写：

"他戴着黑布小帽，穿着黑布大马褂，深青布棉袍，蹒跚地走到铁道边，慢慢探身下去，尚不大难。可是他穿过铁道，要爬上那边月台，就不容易了。他用两手攀着上面，两脚再向上缩；他肥胖的身子向左微倾，显出努力的样子。这时我看见他的背影，我的泪很快地流下来了。"

这是我上中学时的一篇重点课文，当时只觉得朱自清有些小题大做，平平常常的小事何至于要落泪？但当自己也为人父时，才日益感到做爸爸的不易，其实父亲的形象在我的头脑中也在不停地变换。

孩提时，爸爸如无法逾越的高山：遇上生人，他是躲羞的墙；掉到沟里，他是救命的草；碰到难题，他是无所不知的活词典。青年时，老爸像营养过剩的鸡汤：出门前的嘱咐特别叫人不耐烦，在亲

▋微信微言 乐山乐水

朋好友面前炫耀儿子时总让人尴尬,不厌其烦的大道理常令人反感。步入中年,父亲又似山间弯弯的小溪,虽柔弱不能载舟,但缓缓不停流;虽潺潺无巨响,但淙淙叮咛不止歇。

我的父亲已年近八十,七年前背就弯了,我和弟弟多次劝他去医院做个手术,"治不好再瘫了咋办!"他坚决不去,其实他是怕耽误我们的时间,也担心给孩子们增添经济负担。我们每次回老家,父亲佝偻的身形似乎都要挺直些,蹒跚的脚步好像刻意轻快了许多。

现在再读朱自清的作品时,我的眼睛也不自觉地湿润了,但并不是朱老爷子打动了我,而是脑海中浮现出了自己父亲的背影。

（2017.6.16 星期五）

注:本文特为《微文化联盟》供稿。

204

半缘修道半缘君 同舟共济同心路

"曾经沧海难为水,除却巫山不是云。取次花丛懒回顾,半缘修道半缘君。"这是唐朝诗人元稹为悼念亡妻韦丛所作的《离思》诗中的一首,意为:曾经到临过沧海,别处的水就不足为奇,除了巫山的彩云,别处的便不称其为云了。仓促地从花丛中走过,懒得回头顾盼,这缘由,一半是因为修道,一半是源于爱妻。

这首七言绝句的前两句堪称经典,传颂千年不朽,然而我更喜欢后两句。元稹以花丛喻美女,懒得去看她们,既有自身修行的原因,也有心中装着老婆的缘故,说得很实在,如果他写成不恋美女都是因为自己道行高,或者全是由于心里只有韦丛,反而感觉有点虚了。

爱美之心人皆有之,但拈花惹草就为人所不齿,这一方面需要提高修养,用理性给贪念压上块巨石,令其难起,另一方面要常思爱人之贤,用感性绑缚住非分之想,让其不生,双管齐下,内外兼修,方成正果。元稹的两句诗便道出了个中因由,不得不令人折服。

用语实在的元稹不仅成就了历久弥新的金句,更是借悼妻诗行演绎了人间真爱之曲,让人唏嘘赞叹,叫人击节唱和:取次花丛懒回顾,坐怀不乱芳千古;半缘修道半缘君,同舟共济同心路。

(2017.6.17 星期六)

注:本文特为《淡味茶》供稿。

微信微言 乐山乐水

月光映樽消遗恨

　　"今人不见古时月，今月曾经照古人。古人今人若流水，共看明月皆如此。唯愿当歌对酒时，月光长照金樽里。"这是李白《把酒问月》里的诗句，我总感到第一二句有些矛盾：既然今天的月亮曾经照见古人，那它就应该是古时月了，何言今人不见呢？

　　《增广贤文》中说："古人不见今时月，今月曾经照古人。"我觉得此话通顺合理，但仔细揣摩李太白的诗才发现其中的禅机。诗人是通过"把酒问月"抒发：物是人非、时间似流水的感慨，唯愿欢乐长存，明月常照。在微醺的酒意中，李白慨叹：月如昔，今不古，逻辑上的错乱反而平添了诗意。

　　斗酒诗百篇的李白喜欢把盏抒怀，而且多独酌，"青天有月来几时，我今停杯一问之""人生得意须尽欢，莫使金樽空对月"，从中不难看出"诗仙"邀月共饮时的寂寥。仕途无望，生活无着，怎不令他倍感悲凉，那豪迈万丈的诗行大概只是掩其内心落寞的外衣罢了。

　　生活在钢筋水泥丛林中的现代人，尽管每日混迹于人海之中，但邻人不识，亲人难聚，整天为生计事业奔忙，哪有心思举头望月，更何况霾起月难明。但当宦海受阻、生意受挫、感情受伤时，我们似乎少有可倾诉的知音，只得透过窗户眺望依稀的弯月，祈问：路在何方？

　　古人和今人虽然相隔千年，但嫦娥的庭院却永远升落如故，穿长袍的唐人尽管没有互联网，然而他们孤寂的心情同当代人应该没有两样。李白的诗如果稍做改动，应该更能引起我们的共鸣吧：今人不见古时月，今月依旧照古人。古人今人如相见，共邀明月话诗文。唯愿当歌对酒时，月光映樽消遗恨。

（2017.6.18 星期日）

注：本文特为《微文化联盟》供稿。

爱若煮粥

许多人只知道梁思成（1901.4~1972.1）的妻子是林徽因，而不清楚他还有一位爱人。1955年4月，疾病缠身的林徽因走到了人生的终点，梁思成在追思亡妻的痛苦中过起了形单影只的生活。后来清华大学安排一名女教工帮助他整理文稿，她就是林洙，梁思成学生程应铨的前妻，因程被打成右派，他们于1958年离婚。

在陪伴"梁大师"工作过程中，他们彼此配合默契，无话不说。一天，梁思成递给她一封信："……若干年来我已经这样度过了两千多个绝对绝对孤寂的黄昏和深夜，久已习以为常，且自得其乐了。想不到，真是做梦也没有想到，你在这时候会突然光临，打破了这多年的孤寂，给了我莫大的幸福。"1962年，两个年龄相差二十七岁的"单身"终于走到了一起。

对于梁思成续弦，当时的人们多有诟病，尤其是梁的女儿和好友，有的甚或要与他断交。但温柔体贴的林洙，对梁思成既爱慕又崇拜，让他感到莫大的放松和满足，尤其是晚年的梁思成备受疾病

折磨，又屡遭迫害，在林洙的悉心照料和全力支持下，一代建筑宗师安然地走完了人生的最后十年，不能不说是他的幸运。

对于爱情，千人有千种理解，就是同一个人在不同的年龄段也会有不同的解读。年轻时，多追求罗密欧与朱丽叶式的浪漫与刺激；中年时，多羡慕梁鸿和孟光举案齐眉般的相敬如宾；老年时，爱情已无典范，只是融入到一起买菜做饭牵手过马路中。爱情可能就如煮粥，开始得用大火烧开，然后就需用小火慢慢熬，火急易糊，火欠难稠。

梁思成与林徽因的爱情是否真挚，和林洙的共同生活是否幸福，世人非梁林，焉知其对错。正如大漠孤烟，有人希望看到它直通天宇，有人喜欢它随风飘散，又有谁知道轻烟的心思和感受？

（2017.6.19 星期一）

注：本文特为《驿蓝巴马》供稿。

两忌一宜 养生养心

　　蒋介石于 1975 年去世时享年八十八岁,可谓高寿,他夫人宋美龄更是活了一百零六岁,可以说是长寿之星。夫妻二人养生秘诀中有个共同点,就是常喝白开水。蒋介石每天早上起床后,先喝一杯三十到四十度的温开水,平时也是不等到口渴就每隔二十分钟喝一次,每次不多,但很有规律,这种喝水方法,当时是西方流行的"水疗法"。

　　这一疗法看似简单,实则坚持下来不易。首先得忌"牛饮",就是不能一次喝个透,"咕咚咕咚"一下子将肠胃灌饱;二是得忌"渴饮",不可等到嗓子冒烟才想起喝水,那时身体多个器官早已脱水;三是宜"常饮",即是定时定量喝水,不急不缓,养成习惯。

　　这"两忌一宜"的养生方法同样适用于养心。修身养性不应急,就是不能梦想一日饱读诗书,精通子集,一夜成为大家;也不可临时抱佛脚,书到用时方恨少,需要时才开始恶补;要注重平时的积累,聚沙成塔,集腋成裘,日常的点滴养成方能转化为气质风度。

　　两忌,忌的是浮躁,忌的是功利,一宜,提倡的是坚韧,倡导的是锲而不舍。恒而不躁,持而空利,心方轻,体才健,在淡泊中求得心安似磐,于恬静里觅得身轻如燕,延年益寿不求可得,儒雅大方不为而成。

　　蒋中正夫妇长寿的秘方不可不谓简单,人人皆可为,但真正始终如一地坚持下来实属不易,人人皆难为之。大概能把简单的事做成别人难做之事的人,就可称为圣人了吧。

(2017.6.20 星期二)

注:本文特为《盼枝花》供稿。

大难心安

郑板桥,原名郑燮,是清代书画家、文学家,为康熙朝秀才,雍正十年举人,乾隆元年进士。在山东范县、潍县先后做过十二年县令,在任时"以岁饥为民请赈,忤大吏,遂乞病归",之后,靠卖画维持生活。他被称为"扬州八怪"之一,其诗、书、画世称"三绝",尤擅画兰、竹,他最有名的字当属"难得糊涂"。

其实,在题字旁边郑燮还写有一段款跋:"聪明难,糊涂难,由聪明而转入糊涂更难。放一著,退一步,当下安心,非图后来报也。"据说,是他任知县时给一隐士所书,而且写后不久便辞官回家了,应该为其在当时黑暗官场中郁郁不得志的一种自我解嘲。

板桥之聪明世人皆知,言糊涂难只不过是说装糊涂不易罢了,刚正不阿的他怎么可能谄媚地阿谀奉承权贵,怎么可以眼见贪赃枉法还要憨憨地卖萌呢!正是在表里不一才吃得开的社会中,他深感聪明难掩、糊涂难装,才发出"难得糊涂"的哀叹。

掩聪明、装糊涂的确是难事,但也有破解之法,这便是"非图后来报"。"无利不起早"已成为许多人的座右铭,他们做事交朋友无不有所需有所求。聪明往往向里,糊涂常常往外,奸笑也好,傻笑也罢,都遮不住皮肉下面寻求回报的贪欲。如果能"放一著,退一步",做到"当下心安",也便没有什么难事可言了。

由此看来非是"难得糊涂",而是不阳奉阴违,不两面三刀,不口是心非,能干干净净做事,可坦坦荡荡为人,这才是难之又难的,就称之为"大难心安"吧。

(2017.6.21 星期三)

注:此文特为《温馨微语》供稿。

梦圆桃源

一提到桃花，人们可能会想到崔护的诗："去年今日此门中，人面桃花相映红。人面不知何处去，桃花依旧笑春风。"可能会联想到三国时刘、关、张桃园结义的感人传奇，也可能会忆起陶渊明的桃花源奇景："土地平旷，屋舍俨然，有良田美池桑竹之属。阡陌交通，鸡犬相闻。"

看来桃花既可与醉人的爱情相关，也可同感人的仗义相连，亦可和怡人的恬淡相牵，不同的人有不一样的解读，不同的阶段有异样的理解。但对我们来说都是一个梦，或是为之怦然心动的憧憬，或是为之义无反顾的期待，或是为之笃定修行的愿望。

爱情的梦是砖红色的。无论是初恋时的羞涩，还是热恋时的疯狂，或是失恋时的痛楚，都会浓墨重彩地将心扉涂满，不论紫色、黑色，还是蓝色，都会随着时间的流逝，慢慢稀释，渐渐蜕变成暖暖的回忆，即使满头白发，想到梦中情人脸颊依然会泛起红晕。

仗义的梦是铁红色的。知音难觅，知己难求，这是许多人的慨叹，也正因此，我们会倍加珍惜难得的友谊。每有困难时的援手，困顿时的点悟，困扰时的陪伴，我们都会心生感激和感恩，感受世间真挚友情的温暖，便将其转化为两肋插刀般的赤胆忠心。

修行的梦是土红色的。洗尽铅华始见真，人生经历过大喜大悲的洗礼，经受过大起大落的磨难，就会如杜甫所说登东岳而"一览众山小"，躁动的心会平静下来，狂热的追求将冷静下来，一切似乎变得风平浪静,那世外桃源遂成了精神家园。

　　粉红色的桃花在不同时期变幻着深浅,砖红也好,铁红也罢,
或是土红,只是我们视网膜上映出的色彩,当它们经过神经传导,
落入心底时,都会幻化成桃花源间良田美池、鸡犬吠鸣的彩绘。

(2017.6.22 星期四)

　　注:本文特为《桃花源间》周年供稿。

冤源于疑

　　从前有个乡下人丢了一把斧子，他怀疑是邻居家的儿子偷去了，便观察那孩子：走路的样子像是偷斧子的，脸色表情也像是偷斧子的，言谈话语更像是偷斧子的。不久后，他在山谷里找到了丢失的斧头，第二天再见到邻居家的儿子时，就觉得他言谈举止没有一处像是贼。这便是成语"疑邻盗斧"的由来。

　　邻居家的孩子是不幸的，平白无故遭人怀疑，真是躺着也中枪呀。我们同样会遇到类似的闹心事：给领导汇报工作，有同事怀疑是去打他的小报告；老婆发现老公外衣上粘着根长发，就疑心丈夫有外遇；辛辛苦苦爬格子写出的文章，有人冷眼说道："哼，肯定是抄袭的！"

　　邻居家的孩子又是幸运的，因为毕竟斧子找到了，"冤情"不洗自清，然而现实中更多的时候是无处申冤：遭人记恨还蒙在鼓里，一根头发成了夫妻反目的导火索；被人怀疑盗用作品而无法辩解，这种窝囊气让人倍感委屈，但还诉说无门，若是解释，反而越描越黑。

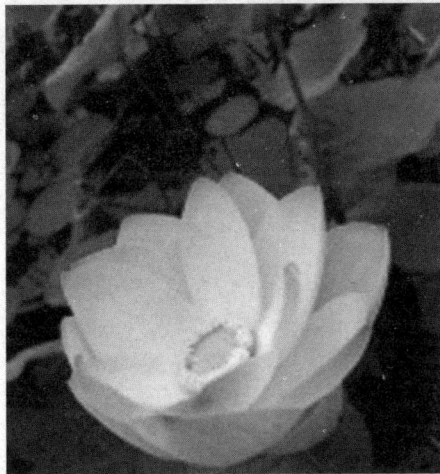

　　冤源于疑，当心生疑窦时，就好似戴上了茶色太阳镜，抬眼所见，万事万物都涂着一层暗黄，所有的征兆皆指向怀疑对象。所以，只有心不疑才能眼无碍，才不会制造"冤假错案"，方可抓到真正的元凶，不冤枉人，也就不会有后悔。

　　疑人盗斧揭开了人性

微信微言　乐山乐水

微信微言 乐山乐水

中严人宽己劣根性的一角：出了问题首先审视他人的过失，而不是查找自身的不足，必然导致眼睛随着手电光仔细搜寻别人的缺点，臆想出无数"阴谋"论，最终将纯真与无私蒙蔽，把坦诚和童心埋葬。

（2017.6.23 星期五）

注：本文特为《学以致其道》供稿。

一江春水空自流

　　"春花秋月何时了,往事知多少。小楼昨夜又东风,故国不堪回首月明中。雕栏玉砌应犹在,只是朱颜改。问君能有几多愁,恰似一江春水向东流。"这首《虞美人》是南唐后主李煜的代表作,也是他的绝命之作。

　　公元975年,宋军攻破金陵,李后主降宋,被俘至汴京,封为右千牛卫上将军、违命侯。三年后,李煜在寓所庆祝自己四十一岁生日时,让从南唐带来的歌妓弹唱新作《虞美人》词,感伤于故国的春花秋月,悲戚之声远播于外。宋太宗听说后大怒,命人赐药酒,将李毒死。

　　李煜被害应该说与他的文人酸腐之气有关。本就是亡国之君,人为刀俎我为鱼肉,随时都有性命之虞,他还明目张胆地写感怀旧国诗词,无所顾忌地欢唱,这明摆着是在作死。哪如三国蜀汉后主刘禅聪明,傻傻地装作乐不思蜀,而最终得以善终。

　　李煜遭害其实是早晚的事。国既已破,后主便没了与新主讨价还价的筹码,只得仰人鼻息,看人脸色。宋朝至太宗赵光义时,各地割据小国灭的灭降的降,大局已定,几无顾虑,俘获的"皇帝"反是累赘,所以李煜因"庆生"而被诛,只是个借口而已。

　　李煜大概会后悔自己的不谙世事,但如果他是个精通隐忍之术的帝王,便也不会成为"千古词帝"。假如能够穿越,我将探问李后主:"问君能有几多愁?"看过千年沧桑巨变的他也许会淡然地说:"恰似一江春水空自流。"

(2017.6.24 星期六)

　　注:本文特为《淡味茶》供稿。

梦伴心旁

　　我特别欣赏三毛的这句话："一个人至少拥有一个梦想，有一个理由去坚强。心若没有栖息的地方，到哪里都是在流浪。"

　　梦想就是一个理由，一个说给别人，或是讲给自己的"借口"，可能是找份心仪的工作，可能是谈段浪漫的恋爱，或许是想成为明星，或许想做大老板，或者仅仅是能有件漂亮的裙子、一个梦寐以求的书包。无论梦想是大还是小，都会像眼前的彩蝶，蹁跹起舞，痒痒地撩拨着我们的心，我们也便如小孩子般随它东奔西跑，不断地发出咯咯的笑声。

　　理由无需宏大，也不一定合理，也许会被人不齿，但只要你为之奋斗过，为之拼搏过，为之无所顾忌过，那无论是摘到葡萄时的喜悦，还是跃起跌落时的酸涩，你都会有种"老子经历过"的充实感。曾经的兴奋和满足，曾经的失意与悲戚，在坚持过后都将凝结成嘴角的自豪，正如千辛万苦爬上泰山极顶时，背上的汗碱和脚上的伤痛都被山巅的凉风吹得干干净净。

　　梦想就是心驻足的地方，是让内心得以安宁从容之所，不再彷徨，不再忧伤。我们的心犹如游荡的云朵，时而伴着朝阳变成彩霞，时而随着阴霾化作乌云，时而陪着雨雾幻为彩虹，只有当秋高气爽时，它才凝固成天际上不动的布。心不流浪，志方刚强，内心有了方向，眼光便不会东张西望，脚步就不再慌张。

　　三毛曾四处流浪，在欧洲，在北非，足迹遍布亚欧非。但她的心始终如一，对爱的执着使她有了坚强的理由，有了梦牵魂绕的撒哈拉，有了念念不忘的荷西。对我们来说，只要心有所栖，身何言东西，只要理由坚强，梦想便在心旁。

（2017.6.25 星期日）

注《三木秉川》采用。

东郭欺仁 中山枉义

　　东郭先生和狼的故事可谓家喻户晓:一天,东郭先生赶着毛驴驮着一口袋书,到中山国去谋求官职。突然,一只带伤的狼窜到他的面前,哀求道:"我现在正被猎人追赶,求求您把我藏到口袋里,将来会好好报答您的。"仁慈的东郭先生就将狼装进了书袋里,不一会儿,猎人追过来问狼的下落,东郭先生指说去了别的岔路。不料猎人走后,狼钻出口袋便对着东郭先生嗥叫:"你既然做好事救了我的命,现在我饿极了,你再做一次好事,让我吃掉吧。"说着就张牙舞爪地扑向东郭先生。正在这时,有一位农民扛着锄头路过,东郭先生急忙请他评理,可是狼矢口否认东郭先生救过它的命。老农想了想说:"这只口袋这么小,怎么可能装下一只大狼呢。请再装一下,让我亲眼看一看。"狼同意了,又钻进袋子里,老农立即把袋口扎紧,对东郭先生说:"这种伤害人的野兽是不会改变本性的,你对狼讲仁慈,简直太糊涂了。"说罢,抡起锄头,把狼打死了。

　　然而在经史典籍中却鲜有对中山国的记载,直到1974年河北平山县的考古发掘才再次揭开这一神秘国度的面纱:中山国最早建于公元前774年,位于燕赵之间,即河北省中南部,由狄族鲜虞部落创立,公元前406年被魏国兼并,后又复国,其国力曾盛极一时。中山国强盛时期的疆域,包括今河北保定地区南部、石家庄地区大部、邢台地区北部及衡水地区西部,南北长约二百公里,东西宽约一百五十公里。从中山王墓出土的大批精美错金银青铜器及器物上镂刻工整的长篇铭文中,可以看出中山国当时经济十分发达,文化相当繁荣。公元前323年,中山王不顾齐国苦劝,执意紧随"战国七雄"称王,后故步自封裹足不前,又连年征伐,遂逐步衰败,到公元前296年被赵国所灭。

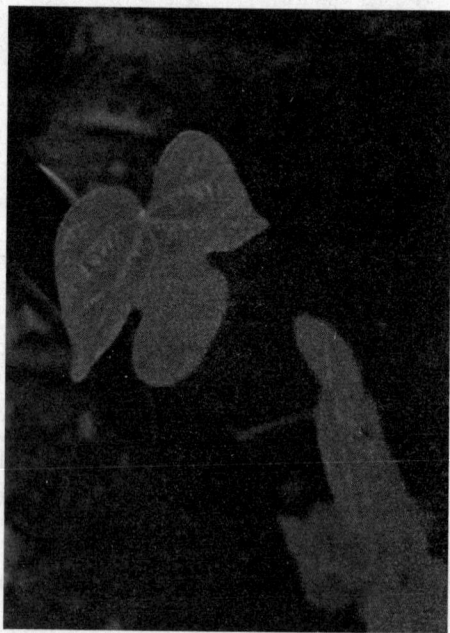

▊微信微言 乐山乐水

东郭先生和狼的故事来自明代马中锡《东田文集》中的《中山狼传》,明人之所以将忘恩负义的狼形象落在"中山国"头上,大概是事出有因:中山国生于患难之中,在大国环伺中做强,其不屈不挠、顽强自立的精神世所少见。然而最终导致其灭国的原因,不是因为国小,而是由于不自量力:国力强盛后,中山王便不思进取,忘乎所以地称"王",不仅得罪了盟友,而且乘人之危征燕伐赵,最后亡国便是必然。元末,朱元璋的势力如日中天时,学士朱升建议他:"高筑墙,广积粮,缓称王。"从而成就了明朝的一统天下。如果中山王能够意识到这一点,说不定会和秦国一争高低。

历史终归是由过往书写,所有的形象都会用笔墨写意。讲究兼爱的东郭先生被塑成了仁义代表,其实他并未放弃功名,赶着毛驴急着去中山国就是为了讨个一官半职,所谓的仁爱只不过是被教条洗了脑,当虚伪穿上仁慈的外衣时,就变成了令人同情的弱者。翻脸不认人的狼成了中山国的商标,也并不冤枉,因为这个弹丸小国在图强路上,并非靠变法富国强兵,而是多用落井下石的阴谋掘取好处,最后众叛亲离被群殴也在所难免了。"子系中山狼,得志便猖狂",当张狂钻入口袋时,便成了人人喊打的老鼠。

(2017.6.26 星期一)

注:本文特为《直隶尚书房》供稿。

修身孝大

　　西晋文坛三大家之一的潘安是历史上有名的美男子，有关他的成语很多，如"掷果盈车"：当潘安驾车走在街上时，连老妇人都为之着迷，往其车里扔水果，最后把车子全塞满了。白发悲秋、潘杨之好、望尘而拜、金谷俊游等也都与他有关。

　　潘安不仅才高貌美，而且十分孝顺。他任河阳县令时，父亲已去世，就接母亲到任所侍奉。每年花开时节，他总是拣风和日丽的好天，搀扶老人到林中赏花游乐。一年，老母染病思归故里，潘安便辞官随母回乡。家中贫穷，他就耕田种菜，变卖后再买回母亲爱吃的食物，他还喂了一群羊，每天挤奶给老人家喝。在他的精心护理下，母亲的身体日渐康复。

　　宋朝前的《二十四孝》全将潘安"弃官奉母"收录其中。但是，后来他趋炎附势，经常参与效命贾谧的文人集团"二十四友"的活动，并因涉及贾谧谋害太子案受到牵连被杀，且要"夷三族"，可怜七十多岁的老母亲也未能幸免。潘安孝母未终，为此，宋人郭居敬重新校订《二十四孝》时将其删

微信微言　乐山乐水

除。

　　百善孝为先，孝老是中华民族的传统美德。现在的人们大多能做到，逢年过节看望父母，病榻前面尽心伺候，但这只是"小孝"。我们常听说有见利忘义害人闯祸的，有贪赃枉法锒铛入狱的，其父母因此而痛心疾首，整日以泪洗面，何孝之有！所以，修心自持、洁身自好才是"大孝"。

　　潘安准备辞官回家孝敬老母时，上官再三挽留，他说："我若是贪恋荣华富贵，不肯听从母意，那算什么儿子呢？"上司被他的话感动，便欣然应允。然而潘安最终没能抵挡住权势的诱惑，走上了不归路，令人扼腕叹息。如果他能预料到结局，大概让其用美貌换取母亲的善终也会在所不辞吧。

（2017.6.27 星期二）

　　注：《三木秉川》采用。

年轻唯有为
年老方无悔

公元 1050 年夏，三十岁的王安石在浙江鄞县知县任满，回江西临川老家时，途经杭州写下《登飞来峰》："飞来山上千寻塔，闻说鸡鸣见日升。不畏浮云遮望眼，自缘身在最高层。"意思是：飞来峰顶有座高耸入云的塔，听说鸡鸣时分可以看见旭日升起，不怕层层浮云遮住我那远眺的视野，只因为我站在了最高处。

这首诗表面上看是作者在写登山观感，实则是直抒胸意表达自己的远大抱负。"唐宋八大家"之一的王安石自幼聪颖，酷爱读书，过目不忘，下笔成文。二十一岁即登科取士，授淮南节度判官，后调为鄞县知县。他在任四年，兴修水利、扩办学校，初显政绩。此时王安石年少气盛，抱负不凡，正好借登飞来峰寄托壮怀，意欲大展宏图。

然而造化弄人，王安石三十九岁时任参知政事，次年拜相，可谓春风得意，他力主变法，但因守旧派反对，后被罢相。一年后，宋神宗再次起用，旋又遭贬，遂退居江宁，六十五岁时郁然病逝于南京。归隐后的王安石，脱离了现实斗争，转而赋闲山林，这使其诗作由早年的论事议政，怀古砭今，转变为以写景抒情，避世意禅为主。如《谢郏亶秘校见访于钟山之庐》："误有声名只自惭，烦君跋马过

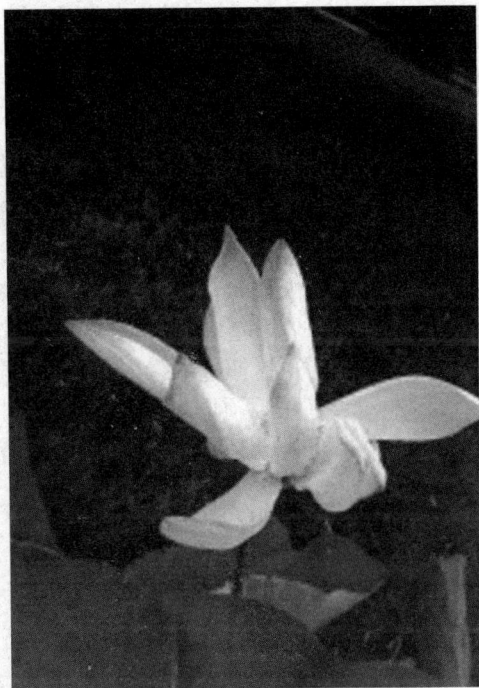

微信微言 乐山乐水

221

微信微言　乐山乐水

　　　　　　　茅檐。已知原宪贫非病，更许庄周知养恬。"
　　唐朝诗人元稹有两句著名的诗："曾经沧海难为水，除却巫山不是云。"意思是：经过沧海之后再也不会感到有比它更深更广的水，领略过巫山之云后，再也不会感到有比它更美的云彩。王安石晚年的作品多寄情山野，富有佛道深意，在淡泊中见深远，于宁静里透哲思，不能不说这与其早年宦海沉浮有关，他对元稹的诗应该更有切身体会吧。
　　人们常说：年轻时要学儒家，积极修身入世，干一番事业，年纪大了应学道家，在清静中悟道养生，成就圆满人生。此话有理，如果开始不拼搏进取，经历过成功的喜悦和失败的痛楚，大概很难对生活有深刻领悟，再面对艰难困苦时怎能淡然处之，可以说是：年轻唯有为，年老方无悔。元稹的诗便可演绎成：曾经沧海才识水，除却巫山不悔云。

（2017.6.28　星期三）
注：本文特为《温馨微语》供稿。